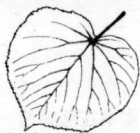

U0732013

凉夏与九秋

奈奈 著

湖南少年儿童出版社
HUNAN JUVENILE & CHILDREN'S PUBLISHING HOUSE

图书在版编目（CIP）数据

凉夏与九秋 / 奈奈著. —— 长沙：湖南少年儿童出
版社，2018.11

ISBN 978-7-5562-4060-9

Ⅰ．①凉… Ⅱ．①奈… Ⅲ．①长篇小说－中国－当代

Ⅳ．①I247.5

中国版本图书馆CIP数据核字(2018)第196185号

C1S
PUBLISHING & MEDIA
中 南 出 版 传 媒

LIANGXIA YU JIUQIU

凉夏与九秋

总 策 划：熊 静
责任编辑：周 霞 万 伦
策划编辑：彭朝阳 蔡咏梅
装帧设计：杨思慧

···

出 版 人：胡 坚
出版发行：湖南少年儿童出版社
地 址：湖南省长沙市晚报大道89号 邮 编：410016
电 话：0731-82196340（销售部） 82196313（总编室）
传 真：0731-82199308（销售部） 82196330（综合管理部）

···

经 销：新华书店
常年法律顾问：北京市长安律师事务所长沙分所 张晓军律师
印 刷：湖南凌宇纸品有限公司
书 号：ISBN 978-7-5562-4060-9
开 本：880 mm×1230 mm 1/32
印 张：8.5 字 数：188千字
版 次：2018年11月第1版 印 次：2018年11月第1次印刷
定 价：29.80元

···

目 录

目 录

第三幕 婚纱

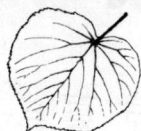

序言

凉夏与九秋

写给凉夏的信

凉夏，亲爱的凉夏。

我想你此刻是不是系着围裙，脸上洋溢着幸福，在厨房给心爱的人做着丰盛的晚餐呢？

长白山上的皑皑白雪和你灶边上燃起的袅袅炊烟一样美丽，我站在山顶，想念着你，想念着我们过去的每一分每一秒。

亲爱的凉夏，我这一次寄给你的照片是你收到的第二十四张了吧？这两年里你有没有像我想念你一样想念我呢？

你是不是收到我的照片后，又拿着马克笔在我脸上画圈圈呢？你画画的技术一点都没有长进，以后可不能这样教你的宝宝。

凉夏呐，我现在住在长白山下的一户农家里。这里有温暖的炕，香喷喷的大米饭，还有农家大姐的孩子裹着花花绿绿的衣裳在炕上听江瀚给他弹吉他。

我走过许多地方，还是喜欢这样的小村小镇，这里风景绝美，民风朴实，实在是我的理想之地。

我不知道还要这样过多久，但我想，只要我快快乐乐的，怎样过日子都不重要，对吧？

我相信你和全世界的人不一样，你能理解我的选择。

　　亲爱的凉夏，愿颠沛流离的我，与安身立命的你，能在一个"雪压梅花白，春归柳色青"的时节重逢。

鹿九秋

2017年12月31日

第一幕 暗恋

凉夏与九秋

1.喜欢的人好像是同桌呢

某年，湿冷的南方小城终于下了一场十多年未见的大雪。光秃秃的树枝被晶莹剔透的白雪包裹，屋顶瓦砾上覆盖着一层厚厚的白，这个时候很多小孩才真正见识到了什么叫作"银装素裹"的世界。

"嘿，小家伙，红薯好吃吗？"坐在围墙上的一个七八岁的女孩摇晃着小腿，兴冲冲地对路边抱着热红薯走过的男孩喊着。

男孩抬起头，见她穿着一套毛茸茸的蓝色衣裳，两只黑眼珠子滴溜溜地转着，显露出了丝丝狡黠，圆而俊俏的脸蛋被风刮得红彤彤的，活脱脱的像个小苹果。

"好吃啊。"男孩天真地回答。

女孩眯起眼睛笑着，声音比幽谷里黄鹂鸟儿的叫声还要动听："那我好看吗？"

小小年纪的男孩面对这样的提问，花了五秒钟才反应过来。他脸颊瞬间羞红，连忙低着头匆匆地跑开。

女孩得逞地大笑起来，坐在她旁边，与她穿着同样衣裳的另一个女孩望着男孩离开的方向，说："九秋，云城的男孩子都被你戏弄了一遍。"

"哪有，唐澄我还没戏弄呀。"叫九秋的女孩盯着她，然后不怀好意地笑了笑。

女孩清澈如湖水的眸子一下子睁大，将脑袋摇得像个拨浪鼓似的："别胡说，别胡说！"

"哈哈哈！凉夏，你怕什么嘛。"九秋从围墙上跳下去，转身朝凉夏伸出手，"下来，我给你买红薯吃！"

凉夏看了看围墙的高度，然后闭上眼睛，鼓足了勇气也从围墙上跳下。地面上有松松软软的积雪，还有九秋护着她，她安然无恙地着了地。

九秋抓起凉夏的手就跑，朝路的一头卖烤红薯的大爷奔去。

云城的人大抵都认识她们。

两个女孩机敏活泼，性格相比外向一些的叫鹿九秋，她时常拉着另一个女孩林凉夏走街串巷，几乎认识了这座城市里的每一个人。

鹿九秋比林凉夏早出生两个多月，因此常常像姐姐一样保护凉夏。由于她们的妈妈是最好的闺密，有一次她们将一捧黄土放进碗里，在碗里插了几根香，对着天地结为了姐妹。

其实，凉夏和九秋在命里就已经成为亲姐妹了。为什么？因为九秋出生的时候，凉夏妈妈挺着大肚子在医院外面等她降临；凉夏出生时，九秋妈妈抱着九秋在医院外面等她降临。她们在同一间产房的同一个时间段出生，从小时候起就形影不离了。

九秋说的唐澄是隔壁班的一个男孩，凉夏很喜欢他。

有多喜欢呢？凉夏跟老师申请，希望能将座位调到靠过道的窗边，这

凉夏与九秋

样，她就能经常看到唐澄路过自己的窗边了。

每次唐澄路过时，凉夏都假装在看书，然后等待着唐澄路过的一瞬间，阳光在她的书页上勾画出他的身影。

那时的凉夏才八岁，刚刚读三年级而已。

当然，她那时并不知道那种感觉是否是喜欢一个人，可能当她再长大一点才明白，那种"偷偷关注"就是一种喜欢。

凉夏关注唐澄的事情，只有九秋知道。九秋很想帮帮凉夏，但凉夏脸皮薄，羞于启齿，使得九秋想要当红娘的那颗躁动的心久久难以平息。

直到九秋念初一。

初一那年，九秋把自己想去的班级告诉凉夏，让凉夏也填那个班级。凉夏不知是计，等到了班级后，才看见唐澄也在那个班。

唐澄的身上穿着新发的校服，蓝白相间，宛若碧空白云。他在一旁帮忙摆正桌椅，然后找了个位子坐下，脸上带着浅浅的笑容，似乎很期待新的一学期。

有一个看起来似乎认识唐澄的男生走过去，顺势在他旁边坐下。

九秋咳了咳，走过去将书包甩在那男生的桌上。男生抬起头看着她，九秋双手环胸，下巴高高地抬起，目光颇为凶狠地盯着他。

男生默默嘘了一声，提起自己的书包灰溜溜地坐到了后桌。

九秋回头，对着凉夏勾手："过来。"

凉夏倒吸一口气，站在教室门口一动不动。九秋看她这副模样，跑过去抓着她的手臂，将她带过去按在座位上。

然后，九秋坐在后面，用力拍了拍刚才那男生的肩膀，说："多多指教啊，同桌。"

男生嘿嘿一笑，自觉地与九秋之间保持了一段安全距离。

而凉夏坐在唐澄旁边，仿佛被点了穴一般，整个身体都动不了。九秋在后面踹了一脚凉夏的凳子，凉夏回过神来，舒了口气，慌慌张张地瞥了唐澄一眼。

唐澄那张侧脸，是凉夏见过的最好看的侧脸——线条十分柔和，皮肤白净，脸上未褪去的稚嫩增添了不少年少的感觉。

忽然，唐澄的嘴唇轻轻动了动，他的视线缓缓左移，落在了凉夏身上。凉夏吓了一跳，连忙屏住呼吸，双手僵硬地放在膝盖上，努力把背挺得笔直。

身边的少年用软软糯糯的声音说："你好，我叫唐澄。"

"嗯——"凉夏睁大双眼，慢慢地转过头，却一直不敢抬头。她的脸上浮动着桃花一样的红，轻声地说，"我叫凉夏，林凉夏。"

那时教室外面的风悠悠地吹，撩起了窗边的白色窗帘。两个十二岁的孩子面对对方，视线未有交集，心却慢慢靠近。

如此对话，在凉夏看来，是王子公主般的第一次邂逅和交谈，可是在九秋看来，却是一出令人尴尬和着急的雷剧。

九月的云城暑热还未消退，放学后的空气里充斥着闷热的气息，橘黄色的夕阳余晖落在地面，柏油马路的颗粒缝里似乎能冒出腾腾热气。

九秋咬着芒果味的雪糕，擦了擦鼻尖密密麻麻的细小汗水，数落身边默默舔冰激凌的少女："我看着急死了！林凉夏，你平时挺聪明的，怎么

凉夏与九秋

关键时刻这么笨呢？"

"你又没喜欢过人，你不懂！"凉夏伸长脖子朝九秋吐舌头——她只有在九秋面前敢这么嚣张。

九秋的肩膀上背着宽大的灰布包，走路时，布包在肚子上一摇一摆。她说："我才不要喜欢人，一个人多好，自由自在的。"

凉夏歪着脑袋看向她，说道："等你有了喜欢的人的时候，你就不会这样想了。"

九秋脸上浮起不悦的表情，她伸手抓着凉夏的马尾辫，微微一扯，说："小屁孩儿，你这么小，懂什么'喜欢'？"

"啊……九秋，疼！头发要被你拽没了。"凉夏躲开九秋的攻势，带着怨气加快了步子。

九秋没好气地对着她的背影翻了个白眼，默默地跟了上去。

自从凉夏和唐澄成为同桌后，她学习的劲儿比以往任何时候都要足。因为唐澄坐在身边，凉夏每节课都努力挺直腰板，老师讲的知识点她都工工整整地记在笔记本上，因为她想在唐澄的跟前，证明自己是一个特别优秀的女孩。

虽然凉夏学习很用功，每次考试都能考进前三名，但是，唐澄并没有因此与她多说一句话。

唐澄其实是个很内敛的男生，他除了上课回答老师的问题，平日里极少说话，唯一与他有较多交流的就是九秋的同桌——那个之前想坐在他旁边的男生关林修。

关林修是唐澄在班上唯一的一个朋友。

九秋有时候会帮凉夏在关林修那里打听唐澄的事，但是关林修常常闭口不言，哪怕被九秋揍得鼻青脸肿。

九秋说："那两个家伙像石头一样。"

凉夏不这么认为，凉夏觉得，一定是她还不够了解唐澄。

因为，凉夏坐在唐澄左边，离他心脏最近的位置。午睡的时候，他们趴在并排着的桌面上，她能听到他的心跳声。她觉得，唐澄一定是美好的，只是她还没有发现而已。

只是让人懊恼的是，唐澄是个美好的闷葫芦，凉夏也差不多。

直到有一次，唐澄在英文作业本上写着单词，忽然间，铅笔头折断在本子上。唐澄微微皱了皱眉，扭头看了一眼凉夏的课桌，然后凑近凉夏，用很低的声音喊："林凉夏。"

凉夏猛然转头，却差一点撞上唐澄的脸，近在咫尺的距离瞬间让凉夏面红耳赤。

唐澄没有注意到少女滚烫的气息，而是低低地问道："可以借我铅笔刀吗？"

凉夏迅速地回过神，匆匆地将文具盒打开，把铅笔刀放在了唐澄的桌上，然后，急忙低头继续写作业。唐澄看看桌上的铅笔刀，又看看凉夏的反应，似乎觉得有些奇怪。

不过，他没有多想，他也没法多想。

九秋看到这一幕，将视线从他们身上缓缓地拉回到课本上，然后轻微地叹了口气。

凉夏与九秋

凉夏和唐澄之间一直这样，不温不火的。

但好在凉夏不着急，也没有因此落下功课。不然要是被她家里那个脾气暴躁的妈妈晓得了，凉夏的屁股一定会开花的。

说起来也奇怪，凉夏这么温柔，妈妈却是实打实的"泼妇"；九秋那么野蛮，妈妈却十分优雅贤惠，两位妈妈凑在一起说私房话时，总觉得当初抱错了孩子。

凉夏和九秋也不避讳，管自己的妈叫大妈妈，管对方的妈叫小妈妈，其乐融融。

"你妈又约我妈出去搓麻将了吗？"九秋门也不敲，径直推门进来。

凉夏正在换衣服，习惯性地躲了一下，埋怨道："九秋，进门要先敲门的！"

"你换衣服不锁门，还怪我咯。"九秋大大咧咧地走进来，丝毫不在意，毕竟她们俩还一起洗过澡，彼此身体是个什么模样，早就看过了。也不知道凉夏怎么回事，越长大，越害臊。

凉夏穿好衣服，将长长的头发从衣领里撩出来，说："说什么搓完麻将去吃火锅，我爸跟你爸觉得被抛弃了，于是相约去撸串喝酒。哎，九秋，咱俩晚上也出去吃吧。"

九秋双手环胸，默默地笑着。她悄悄地走过去，一巴掌狠狠地拍向凉夏的屁股。

凉夏一个激灵，跳出一米远，捂着屁股涨红脸瞪着她。

"去吃螺蛳粉啊，林凉夏！"鹿九秋的眼里闪着光。

凉夏实在不知道螺蛳粉到底有什么好吃的。但是九秋爱得不得了，每次凉夏都会被九秋逼着去吃。

还是那一家老巷口的百年老店，胖胖的老板乐呵呵地问九秋："还是老样子吧？"

九秋点头如捣蒜。

凉夏苦闷地撑着下巴，抬起头盯着墙上那张破旧的海报，一字一句有气无力地念着："螺蛳粉是广西柳州市的特色米粉，它有着……"

一道身影忽然在她眼前闪过，凉夏停止了念叨，直起身子，诧异地看着九秋身后的那两个男生。

竟然是唐澄和关林修。

见到唐澄，凉夏连忙低着头，用手肘撑着桌面，挡在眼前，透过手臂的侧面往唐澄那边瞟去。见到凉夏古怪的动作，九秋回头，看到唐澄，出乎凉夏意料地打了个招呼。

"哟！唐澄和我可爱的同桌呀！"

九秋笑眯眯地朝他们俩招手，他们俩也笑着回应了一下。

凉夏愣了片刻，九秋什么时候和他们这么熟了？正想着，九秋站起来，在他们桌旁坐下，说："我跟凉夏两个人，可以和你们坐一起吗？"

唐澄微微笑着："可以啊。"

凉夏立马捂住脸，脸都羞红了。

九秋慢悠悠地回头，朝凉夏神秘地眨眨眼。凉夏的视线透过指缝看过去，只见九秋对她挑了挑眉："过来啊。"

凉夏鼓起腮帮子，拘谨地走过去在九秋旁边坐下。一张桌子四个面，

凉夏与九秋

他们四个人一人坐一方，凉夏的左边是九秋，右边是关林修，正对面就是唐澄。凉夏只要一抬头就能看见他。

心里的小慌乱让凉夏不敢抬头，偶尔不自在地扯扯衣服、捋捋头发，九秋倒是与他们聊得火热，凉夏只能偶尔插一两句话。

"喂，小关，跟我一起去拿筷子，倒几杯水过来吧。"九秋忽然支开关林修。关林修默默地看了凉夏一眼，心里清楚她的猫腻，于是起身去帮九秋的忙。

瞬间，桌上就只剩唐澄和凉夏两个人。

小小的店里亮着昏黄的灯光，在柔和的灯光下，唐澄的皮肤被映衬得格外好看，仿佛是一个陶瓷娃娃。

凉夏看着看着，脸就不自觉地红了。唐澄也许觉得两个人彼此沉默，氛围有些奇怪，于是抬起头想跟凉夏打招呼："那个……"

目光碰撞时，凉夏微微一惊，慌忙别过头。唐澄愣了愣，转瞬又问："凉夏，你跟九秋经常来这里吃吗？"

凉夏不自在地挠挠后颈，"嗯"了一声，又缓缓地轻声说："九秋很喜欢这家螺蛳粉的口味，所以，我就经常陪她来了。"

唐澄听闻后，微微笑了，身子因为喜悦而渐渐摆动起来："我也喜欢，我始终觉得，好吃的东西都在这种看起来不起眼的小店里。"

"如果可以，下次你多给我们介绍介绍好吃的店子吧。"不知为何，凉夏盯着唐澄，脱口说出这句话，随后却又觉得有些后悔——自己未免太唐突了。

没想到，唐澄却露出笑颜，大大方方答应："可以啊，我们可以一起去吃。"

"啊？"这次轮到凉夏愣住了。

"去吃什么？"九秋端着两杯水走了过来。

"去吃好吃的，九秋，你和凉夏，我和小关，以后有好吃的，大家一起去吧。"唐澄抬起头说。

九秋把其中一杯水放在凉夏面前，看她的眼睛里多了些耐人寻味的神色。她看着凉夏，说的话却是在回应唐澄："那敢情好，以后常约吧。"

唐澄很开心，喜形于色。凉夏默默低着头，嘴角也是藏不住的笑意。关林修虽然没说话，但也算得上是默认。

那天他们后面谈论了什么，凉夏并没有在意，凉夏只顾着低头吃螺蛳粉了。

那天的螺蛳粉，特别好吃。凉夏也是从那一天开始，爱上吃螺蛳粉的。说起来倒也奇怪，因为喜欢的人，而喜欢上一件本不算喜欢的东西，竟也算得上一种快乐。

凉夏喜欢这种快乐，经年过后更喜欢。或许长大后的她也能体会这种快乐，但不会再以当初那份纯真的心去体会了。

凉夏与九秋

2. 第一次牵手

因为一碗螺蛳粉，他们成了朋友。

其实一个人无论在哪个年纪，都可能会有一个自己的小团体，这不是因为排斥别人，而是组成小团体后，彼此之间更加谈得来。初中到高中，唐澄、关林修、凉夏、九秋，就组成了这样一个小团体。

他们是学校最亮丽的一道风景线，九秋与凉夏的知名度、唐澄的学习成绩与颜值、关林修的体育特长，都让各年级的同学羡慕不已。

所以，他们每经过一处，都会收获别人崇拜的目光。

在这四个人里，凉夏和唐澄的学习成绩是最好的。所以许多时候，他们四个在一起时，唐澄跟凉夏都在学习，九秋则在玩游戏，关林修则在看体育刊物。

他们各做各的事情，却不会觉得无聊与尴尬。

少年的世界，总是很单纯，他们的脑海里只有学习与生活，不会装下其他太过复杂的东西，就连对某个事物的喜欢，都像泉水一样纯粹。

凉夏是班上的课代表，她每次收作业的时候，总喜欢做一件事：那就是把唐澄的作业本放在自己的作业本下面。

凉夏喜欢老师念她的名字时，后面跟着唐澄的名字，这样，她可以帮唐澄拿作业，或者在拿完作业走下讲台的时候，与唐澄对视一眼。

她喜欢他，偷偷摸摸地喜欢着。

"跟做贼似的。"这是九秋的原话。

可凉夏才不管，凉夏喜欢这种感觉。

"凉夏，你知道吗？隔壁班的那个兰茵总是喜欢站在我们教室外边往里看。"

"那又怎样？"凉夏边写作业边问。

"她看的是唐澄啊。"九秋晃悠着双腿，坐在凉夏家的窗台上俯下身看着凉夏。

凉夏咬着笔帽尖，半天冒出一句："这说明唐澄优秀。"

"没救了。"九秋从窗台上跳下来，拍拍屁股，转移话题道，"有吃的吗？"

"自己去找。"凉夏说。

然后，九秋就钻到凉夏的房间乱搜一通。

其实，对于九秋刚才的话，凉夏是听进去了的。所以，接下来的每次课间时间，凉夏都会注意窗外那个叫兰茵的女孩子。

兰茵看着唐澄的目光，简直跟她一模一样。

莫名地，凉夏心里有些不爽。

凉夏正和唐澄一起站在走廊的栏杆旁，九秋忽然从后面扑过来，一手揽住凉夏的脖子，一手揽住唐澄的脖子，说，"端午节去爬山吧？"

最先回答的是唐澄，他说："我应该有空，没特殊原因的话应该是可

凉夏与九秋

以的。"

唐澄都答应了，凉夏没有理由不答应，关林修也没有理由不答应。

只是，真的到了端午节那天，凉夏才发现，九秋也约了兰茵。如此一来，三女两男的五人行，因为各自心里的那些小秘密，而变得有些奇怪。

"你怎么把她也喊来了？"凉夏不能理解九秋的做法，拉着九秋偷偷地问。

九秋却神秘地说："等着看好戏吧。"

九秋所谓的好戏，就是不动声色地给兰茵下套。

这次出来，是要露宿一晚的。唐澄与关林修在"叮叮当当"扎帐篷，九秋让凉夏留下来帮忙搭烧烤架，自己和兰茵出去捡柴火去了。

嗯，女生独自搭烧烤架一定很费力吧？男生应该会过去帮忙的，这是拉进凉夏与唐澄关系的好办法。

然而，真正帮凉夏的并不是唐澄，而是关林修。

唐澄肚子不舒服，去找地方方便了，关林修搭了把手，帮凉夏把烧烤架搭好了。

然后，他们看着冰冷的铁架上的生肉生菜发呆。

凉夏张望了一下九秋与唐澄各自离开的方向，支支吾吾地问关林修："喂，你……"

"你想问唐澄的事吗？"关林修一语中的。

凉夏羞赧地抿抿唇，点了点头。

"那个家伙嘛……"关林修顿了顿，说，"和你们看到的不一样。"

凉夏有些好奇："哪里不一样？"

关林修卖了个关子，说："多跟他接触，你们就晓得了。"

有些事从别人口中太早或太轻易地知晓，而不是自己亲自慢慢了解的，即使知道了，也不够刻骨铭心。

那个时候，关林修这两句看似无关紧要的话并没有让凉夏放在心上，凉夏在后来的烧烤活动中，很快就忘记了。

直到十八岁的时候，她才恍然大悟。

入夜的山上，有微微的凉意。

烤肉在烤架上滋滋地响着，九秋的口水快要流出来了。

一行五人，几乎都是喜静的人，只有九秋在活跃气氛，而她照顾到了其他人，却故意冷落兰茵，并且她还有手段让别人意识不到她在冷落兰茵。兰茵觉得自己也许是多余的，便说："我……我有点不舒服，想进去休息一下。"

"那快去吧，吃的我们给你留着。"九秋抢先说道。

兰茵点点头，转身往帐篷走去。

那是个大帐篷，有两张垫子，一张垫子睡三个女生，另一张垫子睡两个男生。兰茵侧躺在了靠着男生垫子的那个位置。

外面欢歌笑语，烤串香味又那样诱人，躺久了的兰茵有些后悔为什么要装不舒服。

不知道过了多久，兰茵听见帐篷外的唐澄说："我去拿纸巾出来。"

兰茵赶紧蜷缩进被子，等唐澄进帐篷时，她捂着嘴咳嗽了两声。

听见咳嗽声，唐澄关心地喊了声："兰茵？"

凉夏与九秋

兰茵从被子里探出脑袋，软绵绵地回答："唐澄？你怎么进来了，没玩了吗？"

"我来拿点东西，你还好吗？"唐澄走到书包面前，在里面翻找纸巾。"喀喀！"兰茵气若游丝地说，"没事，就是有些不舒服。"

唐澄找到纸巾后，走过去跪坐在兰茵面前，伸手摸了摸兰茵的额头。

刹那间，兰茵整个脸颊变得滚烫起来。

"有点发烧。"唐澄低头问，"兰茵，你没事吧？好像感冒了。"

"没关系的，我睡一会儿就好了。"兰茵几乎把头全缩进了被子里。

"我给你倒点水喝。"唐澄转过身拿出自己的保温杯，往杯盖里倒了点水，然后递给兰茵，兰茵撑着身体坐起来，双手接过杯盖，低声说了句谢谢。

片刻后，兰茵喝完水，又捂着嘴咳了两声。唐澄给兰茵抚着后背，说："要是觉得特别不舒服，我们就连夜下山，送你去医院看看。"

"没关系的。"兰茵忙说，表情略带着些不好意思，"我自己的身体我自己清楚，没关系，一点小感冒。大家好不容易出来玩，别因为我坏了兴致。"

说到这里，关林修忽然撩开帐篷的帘子，问："唐澄，你怎么还不出来？大家都在等你。"

兰茵见状，忙说："唐澄，你去跟他们玩吧，我先休息，没事的。"

"也好，那我就不打扰你了。"唐澄拿起纸巾，跟随关林修出去，末了，还回头看了兰茵一眼。

兰茵在帐篷里，并没有睡着，尽管唐澄已经让大家压低声音了，但她还是听见了九秋的声音。他们在玩一个游戏,九秋疯狂地在起哄:"没想到啊,唐澄,你居然喜欢凉夏这样的女孩子!"

兰茵听到后,原本窃喜的心情又一次变得惆怅。

那个游戏,只是九秋无聊时瞎编的,一是为了给唐澄和凉夏牵红线,二是为了让兰茵听见,好灭一灭她的威风。

九秋的目的达到了,而且不止一次达到。

次日白天时,九秋号召大家去游山玩水,却总是想方设法地给唐澄和凉夏制造机会。比如,过湍急的溪流时,她让唐澄牵着凉夏的手往前走,却将兰茵安排给了关林修。

关林修也有些苦恼,觉得你们明争暗斗,干吗拉着我。

但没办法,这里正常的只有两男两女,刚好分为两对,至于九秋,完全是游离于男女这两者之外的。

溪流不宽,但是凉夏却觉得唐澄牵着她的手走过的那段路格外漫长。

凉夏一直记得,她的手在他手心里时那种酥酥麻麻却又让人无比贪恋的感觉。

那是他们第一次牵手,以后,也许还有很多次。

凉夏这样以为。

凉夏与九秋

3. 还是先回避一下吧

兰茵并没有对凉夏造成什么威胁，因为，唐澄拒绝了兰茵。

这件事情说来很有意思，兰茵偷偷给唐澄送情书，被九秋看见了。但九秋什么也没说，等放学的时候，九秋却偷偷摸摸跟在了唐澄的后面。

唐澄似乎还没发现躺在书包里的那封情书。

九秋走到唐澄背后，捂嘴咳了两声。

唐澄回头，诧异地问："九秋？"

九秋蹦跶着上前，与唐澄并肩走着，眼里充满神秘的光芒："我乍一眼看过去，发现你最近犯桃花。"

"啊？"唐澄一听，面红耳赤，"哪里有桃花啦。"

九秋的表情变得严肃，她不由分说地将唐澄的书包抢过来，拉开拉链，然后将书包倒着提起来。瞬间，书包里的东西哗啦啦地全部掉了出来，包括那封天蓝色的情书。

"哇呀，这是啥？"九秋扔掉书包，将情书捡起来，在唐澄面前晃了晃。唐澄疑惑地摇了摇头："我不知道。"

九秋打开情书，故作惊讶地捂住嘴："咦——"

唐澄瞪大眼睛看着她。

九秋嫌弃地伸出两根手指捏住信纸，递给唐澄。唐澄接过来一看，脸变得更加红了。

那上面写的都是少女羞于启齿的心事，但在情书中却表达得十分露骨，看得唐澄脸上发烫。

"怎么办呢？"九秋在一旁看好戏。

唐澄想了想，将信纸重新折叠起来，说："我会回应的。"说完，他俯下身，将九秋倒出来的书一一捡回书包。

九秋问："你怎么回应？你不会因为怕伤害她而同意吧？"

"怎么会呢？"唐澄猛然间抬起头，眼神里流露着"你怎么可以质疑我"的意思。

九秋抿抿唇："那你怎么回应？"

"我有办法。"唐澄将书包收拾好，重新背回背上，说，"你赶快回家吧，等会儿天就黑了。"

说完，唐澄就走了。

九秋在原地站了一会儿，也转身回家了。

夕阳最后的一缕暖光，照在他们身上，留下两道长长的影子。

这件事情，九秋没有告诉凉夏。

第二天，唐澄把九秋带走了。用唐澄的话来说，他想拒绝兰茵，但是怕看到女孩子哭而心软，于是拉九秋给他打气。

九秋一脸无奈地跟着唐澄走，他到底知不知道女生的心思？如果他带

凉夏与九秋

着她去，兰茵一定会认为唐澄喜欢的是她，好吗？

但是没办法，为了凉夏的幸福，九秋只能硬着头皮上。

在教学楼过道的角落里，兰茵看看唐澄，又对旁边的九秋投去不解的目光。

九秋没有回避，反而对兰茵无声地招手，算是打了个招呼。

兰茵微微低头，轻轻咬住下唇，心里知道会有不好的事情发生。

"兰茵。"唐澄轻轻喊她的名字。

"嗯。"兰茵不敢抬头。

唐澄没有拐弯抹角，说："你给我的信我看过了，谢谢你的心意，但是我现在只想好好学习，不想让其他的事情影响到我。"

兰茵抬起眸子，看了一眼九秋，问："仅仅是因为想好好学习吗？"

"我跟他可没有什么关系。"九秋连忙摆脱干系，撇嘴说。

"是的！仅是因为这个。"唐澄郑重地说。

不知道为什么，兰茵有些不相信。可此时的她即使不相信，也说不出个所以然来。兰茵的两只手握在一起，低着头，一瞬间，有晶莹的泪珠忽然从她眼中落下。

唐澄看见后，顿时紧张了起来。

九秋双手环胸，靠在墙边看着这一幕，心里想，也许兰茵要长大后才晓得，男生拒绝你的喜欢的任何理由，都不要相信，他拒绝你只是因为他不喜欢你而已。

九秋不知道为什么，那个时候的她，忽然间明白了这个道理。

"有什么好哭的？有这个闲情还不如努力学习，不让未来感到后悔。"九秋的眉宇间浮现出了不耐烦,她一把抓住唐澄的手腕,对他说,"回去上课。"

唐澄被九秋带走了,兰茵抽噎了几声,默默地擦去泪水,站在那里良久不动。虽然人在不同年龄所付出感情不一样,但是心痛的感觉,从始至终都那么让人难受。

兰茵第一次感觉到心里的难受,虽然这对于她在漫长的人生要去遭遇的其他感受来说,算不了什么。

九秋同样没有把这件事情告诉凉夏。

凉夏什么也不知道,一直沉浸在不断靠近唐澄的梦里。

三年级最后一次考试,关乎着他们能上哪一所高中。所以,三年级的最后一年,凉夏拼了命地追赶唐澄的分数。

"拜托,凉夏,你的成绩已经很好了!上次考试唐澄只是比你高三分,你就没日没夜地看书复习背单词,至于吗?就你这个成绩,完完全全可以上重点高中!"九秋拿着跳绳想约凉夏一起出去玩,可凉夏戴着耳机忙着听单词,根本就不理会九秋。

九秋郁闷地坐下,面对凉夏的无视,气得直抓头发。

然而,凉夏还是无动于衷。

九秋顿了顿,轻轻地喊了声:"咦?唐澄!"

"唰"的一下,耳机被摘下来,凉夏惊讶地问九秋:"哪里?"

九秋漠然地看着凉夏,凉夏后知后觉发现她在骗自己,又默默地拿起了耳机。

凉夏与九秋

九秋冲上去拽住她的手，软磨硬泡："好凉夏，你就别当书呆子了！陪我去玩嘛。"

"我真不去，我要在下一场考试里超过唐澄，我只有成绩比他好，他才会注意到我。"

"他已经注意到你了。"

"还不够。"

九秋一时语塞，她不明白，对凉夏而言，到底要怎样的注意才算得上足够。

拗不过凉夏，九秋只好独自去玩。

云城是个小城市，人口不多，夜晚整个城市都被灯火笼罩着，似乎只有灯火才能证明这个城市还活着。

九秋甩着绳子围着河道奔跑，一边跑一边在想凉夏。

她跟凉夏比，人生可真是糟透了啊。

凉夏有自己喜欢的男生，学习成绩又好，关于未来，又知道想要什么。她呢？每天只知道玩，只知道惹是生非，难怪连自己的妈妈都喜欢凉夏啊。

九秋这样想着，不免惆怅起来。

她收起绳子，沿着河道慢悠悠地走着。没过多久，她便在河道边遇见了一个人，一个拿着语文课本在路灯下背诗的人。

是唐澄。

唐澄拿着课本，摇头晃脑地徘徊着，像古时候的教书先生一样。

九秋看着看着，忍不住笑出了声。

听到笑声，唐澄连忙看过来。看清是九秋后，他急急地将书本藏在身后，慌慌张张地说："九……九秋！你、你怎么在这里？"

"慌什么？"九秋走过去，模仿唐澄背诗的样子，"出师未捷身先死，长使英雄泪满襟。"

"你别取笑我了。"唐澄尴尬地别过头，"就是因为我背书有这个习惯，所以才偷偷在外面背的。"

看穿唐澄的心事，九秋像个不良少女一样站在那里，问："既然不想被别人看见，为什么不在家里背？"

唐澄拿着课本的手加大力道，他无力地笑了笑，摇了摇头，顺势在旁边的石凳上坐下："在家里背不进去。"

九秋点点头，知道他不愿说太多，便问："背完了吗？"

唐澄摇了摇头。

"那你继续，我不打扰了。"九秋说着，准备要走。

忽然，唐澄喊她："九秋。"

九秋回头："嗯？"

唐澄欲言又止，末了，才问了一句："凉夏没跟你一起出来吗？"

"噢。"九秋恍然大悟，走过去不怀好意地笑了笑，"原来你心里在想凉夏啊。你们两个还真是般配，一个躲在房间里拼命听写单词，只为在成绩上超过某人，引起那个人的注意；一个在河边背古文，心里却在想着心上人，啧啧。"

唐澄虽是个男生，但到底年纪尚小，谈及这些难免会害羞，他打了九

凉夏与九秋

秋一下，说："哎呀，你怎么说话嘴巴不带个把门的？"

"哎呀，这有什么好扭捏的。"九秋大大咧咧地说。

"怎么说你也是个女孩呀！大庭广众的，这种话张口就来。"唐澄小声说，"看哪个男孩子会喜欢你哟。"

"哈哈，那到时我就赖着你。"九秋不在意地说，随即又觉得不妥。

看唐澄低着头不再作声，九秋也突然不知道该说什么了，心里没来由地一阵躁动，她说："我回去了。"

说完，不等唐澄答话，立即跑开了。

从河道吹来的风裹着河水的凉意，唐澄缓缓抬起头，望着九秋离开的方向。半晌，他重新拿起书，继续背诵那几首没背完的古文。

那天晚上，九秋回去后很久没有睡着。

她也不知道自己为什么睡不着，只是感觉心里像被什么东西捣鼓着，乱乱的。

九秋后来把这件事情告诉凉夏，凉夏捧着她的脸，惊喜地叫起来："九秋，你是碰见喜欢的人了！"

九秋郁闷地推开凉夏，喜欢的人？怎么可能？

凉夏一脸八卦地挤到九秋身边，好奇地问："是谁啊？"

九秋抱着脑袋，一个头两个大："真的没有谁啊，我能看上谁？你说这些凡夫俗子，哪个能入我的眼？"

凉夏撇撇嘴："好像都不能。"

九秋向来看不上云城的男孩子，一直说长大了要去更远的地方，去寻找更合适的人。

可是那个年纪的她们啊，哪里懂什么是爱呢？

"九秋。"凉夏忽然转身坐在九秋的身边，挽着她的胳膊，问，"如果以后我们喜欢上同一个男生了，那该怎么办啊？"

听到这句话，九秋怔了一下。旋即，她说："不可能。"

"万一呢？"凉夏歪着头问。

"我们喜欢的是不一样的类型的男生啊，我喜欢那种很高傲厉害的，能跟我对抗的男生！可你呢？你喜欢唐澄那种。"九秋故意把"唐澄"两个字说得神秘兮兮。

凉夏甩开九秋的胳膊，表情变得娇羞起来。

九秋看着看着，脸上的笑容消失了，眼中多了一丝惆怅。

"如果真的有那么一天，"九秋微微仰着头，说道，"我一定不会跟你抢的。因为对我而言，凉夏是我在这个世界上最重要的朋友，我会祝你们幸福的。"

凉夏听着，心里涌出浓烈的幸福。她轻轻靠着九秋的肩膀，温柔地说道："不会的，如果你喜欢上谁，我一定不会喜欢上他的，为了你，我也不会。"

九秋这样说，并这样做到了。

凉夏这样说，是因为她从来没有想过，她们真的会喜欢上同一个人。

接下来的那场考试，凉夏的分数超过了唐澄。

老师在班上夸奖凉夏，全班同学一起为她鼓掌，凉夏身边的唐澄也十

凉夏与九秋

分卖力地鼓掌。掌声中，唐澄由衷地说："凉夏，你真厉害。"

你真厉害。

这四个字，凉夏念了整整一天，吃午饭的时候还在窃喜。九秋就骂她："多大点出息！"

凉夏没介意，充满甜蜜地说："你不懂。"

九秋咬着勺子，盯着凉夏："你有没有想过毕业后怎么办？"

凉夏说："我打听过唐澄想去南市念书。"

"你呢？也一起吗？"

"不是我，是我们，我和你。"凉夏纠正。

九秋摇了摇头："以我的成绩考不上的。"

"那我给你补课！"

"啊，烦死了，最讨厌补课了。"

"九秋……"凉夏抓着九秋的手，开始撒娇，"你就跟我一起嘛，如果你不在我身边，我就是条没有妈妈的可怜虫。"

九秋白了她一眼："我又不是你妈。"

"可你答应了我妈会好好照顾我的。"凉夏开启了装可怜攻势。

九秋单手撑着下巴，无奈地看了凉夏一眼。

如果她真的离开了凉夏，这个傻姑娘又会变成什么样呢？

恐怕被人欺负了，也不知道怎么还手吧。

九秋权衡着，心里有两个小人儿在打架。

凉夏那天求了她很久，可是她也还是没有考虑好。下午自习课，他们四个人将桌子拼在一起学习，唐澄随意问了一句大家以后去哪所学校念书，凉夏说了南市一高。

唐澄笑着说："这样，我们就可以继续当同学了。小关、九秋，你们呢？"九秋还没有回答，凉夏就抢先说道："九秋也考南市一高！和我一起呢。"

九秋笑笑没说话。

唐澄说："那我们四个目标一致，我们一高见。"关林修没有发表意见，沉默便代表答应了，很多时候他都是这个样子。

那天放学后，九秋回到家，在卧室里待了很久。

墙上时钟的分针跑了整整两圈，屋外的夜色更加浓郁。九秋缓缓地拿起书，翻了起来，她那时才在心里决定——要去南市一高。

而她为什么这样决定，为了谁，她自己也不清楚。

也许等她长大才明白，她所做的一切，其实都是为了自己。

升学考试结束的那天，天气十分闷热。

早早走出考场的凉夏和唐澄站在考场门口，每人手里拿了两瓶冰水，在那儿谈笑风生。

远远地，九秋看见了，迟疑一下又转身离开了。这一幕，正好被唐澄看见了。

升学考试后的那个暑假，唐澄约大家去游泳。

时间约定后，凉夏拉着九秋满云城地跑，就为了买一件看上去很漂亮又不会太暴露的泳衣。九秋帮她挑到第一百四十五次，总算挑到了让凉夏满意的泳衣。

凉夏与九秋

"第一次在他面前穿成这样，我好紧张啊。"凉夏不断低头去看手里提着的购物袋。

九秋没有说话，凉夏问："九秋，你穿什么？"

"我？我有。"

"哎？你什么时候有泳衣的？"凉夏和九秋从小一起长大，彼此太过熟悉，她怎么不知道她会游泳？

"前年跟我爸出国玩学的啊。"九秋毫不在意地说。

"啊？那你会游泳，只剩我一只旱鸭子了吗？"凉夏可怜巴巴地说。

闻言，九秋嘴角含笑，说："旱鸭子有什么不好？这样的话，唐澄才有理由教你游泳啊。"

"唰"的一下，凉夏的脸红了一大片，她抓住九秋的胳膊，嗔骂道："讨厌！"

九秋任由凉夏拉着，看着夕阳的霞光晕染在她的脸上。

人生很漫长，九秋所经历的人生还很短，那段她所经历过的人生里，凉夏比她的家人还要重要，所以，凉夏有什么要求，她都会尽量满足。

凉夏喜欢谁，她也一定会尽自己的能力帮助她。

并且，她一直在帮她。

游泳的那天，泳池馆的人有点多。

泳池里穿着五花八门泳衣的人应有尽有，像凉夏她们这种小孩子，别人根本不会多看一眼，只有二十来岁身材性感的美女才是泳池的焦点。

身材一般的凉夏有些自卑地低头看了看自己。

唐澄和关林修此时在泳池里像欢快的鸭子一样戏水。

凉夏双手撑着脸颊，叹气道："九秋怎么还不出来啊？"

"凉夏，你不下来吗？"唐澄在泳池里喊。

凉夏缩着脖子摇了摇头。

"你不会游泳吗？"唐澄游过来，问。

凉夏红着脸摇了摇头。

唐澄似乎还想说什么，却瞬间移开了目光。凉夏循着他的目光望去，看见九秋终于从更衣室里出来了。

她穿着三点一式的酒红色泳衣，高挑的身高和白皙的皮肤映衬着那抹红，显得格外好看。

九秋满脸愁容地走过来，坐在凉夏旁边，说："最近长胖了，刚才犹豫了很久才出来。"

凉夏羡慕地扫了一眼九秋，由衷地感叹："没有胖啊！而且……"她凑近九秋耳边，神秘地说，"我们九秋的身材好好！"

九秋听凉夏说着话，目光无意间与唐澄对视。唐澄愣了愣，缓缓地把身体沉下泳池，将半边脸淹没在水池里。

九秋暗暗掐了凉夏一把，丝毫不理会凉夏吃痛的轻呼，对关林修大声说道："哥们儿，刚才见你游得不错，要不要比比？"

关林修在泳池里缓缓回头，看了一眼唐澄和凉夏，领会到了九秋的意思："赌注是什么？"

"冰激凌啊。"九秋跳下泳池，又对唐澄道，"凉夏是个旱鸭子，麻烦你咯，小哥哥。"

凉夏与九秋

"不麻烦。"唐澄轻轻地答了一句,转身朝凉夏走去。

凉夏起初有些拘谨,甚至有些怕水,身体一直蜷缩在游泳圈里。

唐澄抓着她的手,说:"别害怕,别紧张,放松一点,我先跟你说一下呼吸技巧。"

"嗯。"凉夏抿紧嘴唇,用力点了点头。

唐澄教她游泳,她一定要好好表现。

然而,事实是,九秋与关林修已经比了十个来回,凉夏还是没敢扔掉游泳圈。

"累死了。"九秋趴在泳池的边沿大口大口喘气。

关林修爬上泳池台,对九秋伸出手。九秋伸手,他把她拉上去,说:"我们去旁边坐坐吧。"

九秋跟着关林修在一边坐下,微笑地看着唐澄教凉夏游泳。凉夏真的蠢得可爱,像只旱鸭子一样在水里扑腾尖叫。

"真蠢。"九秋无可奈何地喝了一口水。

关林修却没有接她的话,别有深意地说:"费心了,你。"

九秋稍稍愣了下,转而似乎明白了什么,说道:"不好意思,我听不懂你在说什么。"

关林修笑起来:"我平时虽然话少,但不代表我什么都不知道。"

"哦?你知道什么?"九秋不怀好意地笑起来,侧头看着关林修。

"醉翁之意不在酒。"关林修小声地说了这样一句话,旋即话锋一转,"刚才的输赢怎么论?"

十个来回,他们几乎同时到达。

九秋还未答话，关林修就站起来："身为一个女生，体力却和我这个体育生差不多，这次比赛我输了。"

看着关林修起身去更衣室，九秋喊了一句："喂，你知道吗？你这是歧视女生。"

关林修没有说话，身影没入更衣室里。

九秋转过头看着泳池里的唐澄与凉夏，嘴角始终挂着浅浅的笑。末了，她也站起来，准备去澡堂洗一个澡。

在澡堂里待了半个小时，九秋才慢悠悠地出来。

出来后，她才发现椅子旁边只坐了唐澄一个人。

在唐澄身边坐下，九秋问："他们呢？"

"阿修有事先走了，凉夏刚去了澡堂。"

"哈！也真是难为你了。怎么样，凉夏学得好吗？"九秋偏过头问。

唐澄微微俯身，两只胳膊叠放在大腿上，嘴角浅浅地翘起，说道："挺为难她的。"

闻言，九秋笑了起来："没想到吧，凉夏其实是个很怕水的家伙呢。"唐澄顿了顿，抬起头来看着九秋。

九秋说："小时候凉夏掉进过河里，差点儿被淹死了。"

"那她为什么不跟我说？"唐澄问。

九秋叹了一口气，说："为什么，难道你不清楚吗？"

这句话话里有话，唐澄听出来了。沉默半响，唐澄缓缓开口："九秋，我知道你的意思，但是我总觉得……凉夏太优秀了。"

"什么时候优秀也变成错误了。"九秋这句话不是在询问。

凉夏与九秋

唐澄微微舔了舔嘴唇，没有答话。

九秋伸了个懒腰，站起来对唐澄说："我等会儿要绕路去买点东西，麻烦你帮我把凉夏送回家。"

唐澄抬头，说："不麻烦，应该的。"

九秋笑了笑，旋即便头也不回地离开了游泳馆。

她离开后不久，凉夏就从澡堂里出来了。

看到唐澄一个人坐在那里，她抱着自己装着泳衣的袋子，不好意思地说："久等了。"

"没事。"唐澄站起来，对她笑着说，"他们有事都先走了，我送你回家吧。"

"嗯。"凉夏重重地点点头，脸上如涟漪般散开清纯的笑容。

凉夏一直都是这样的，总是给人一种干净清冽、不忍拒绝的感觉。

让男生喜欢，也让女生喜欢。

而九秋，就像她的名字一样，像秋天，让人难以捉摸……

4.新的环境，新的人

南市离云城不算远，坐大巴车就两个小时而已。

去南市前，凉夏妈妈一把鼻涕一把泪地拍着九秋的肩膀，说："我们家九秋简直太棒了，竟然考上了南市一高！这下你去上学了，一周才能回来一次，我想你了该怎么办呢？"

凉夏郁闷地说："妈，我才是你女儿。"

凉夏妈妈充耳不闻，继续对九秋说："乖闺女，想吃什么了给干妈打电话，干妈给你送过去。"

九秋笑眯眯地说："谢谢干妈。"

凉夏要郁闷死了，她和九秋一定是出生时被抱错了！

"九秋啊，你是姐姐，要好好照顾凉夏。"九秋妈妈在一旁叮嘱。

"知道了，哪次不是我照顾她啊。"九秋将行李放进大巴的车厢，对两位妈妈挥手说，"我们走了。"

九秋妈妈像一幅画一样站在旁边对她们挥手，凉夏妈妈抹了抹泪，一脸的难过和不舍。

九秋爬上大巴，坐在靠窗的位子上，对凉夏吐槽："你妈妈的演技也

凉夏与九秋

太浮夸了。"

凉夏一脸无奈说："我也觉得。"

果不其然，等大巴车开走后，凉夏的妈妈立刻像变脸似的，一脸正经地挽着九秋妈妈的胳膊，说："走，姐妹儿，终于没有这两个小兔崽子打扰我们了，打麻将、逛街、做SPA去！"

这两个人，性格真的跟她们的女儿截然不同啊。

"我希望我们被分在同一个班。"看着车窗外的风景，凉夏将头枕在九秋的肩上。

"我无所谓，只要你和唐澄在一个班就好了。"九秋不动声色地说。

"咦——你讨厌。"凉夏往九秋的怀里钻，将她的胳膊揽得更紧。

然而，事实并未如她们所愿。

九秋与凉夏没有在一个班，凉夏与唐澄也没有在一个班，但是，九秋与唐澄在一个班。

看到张贴的分班告示，凉夏有些失落，九秋正想安慰她，便见凉夏瞬间抬起头说："没事！你和唐澄还在一个班呢！有你看着他，我放心。"

九秋欲言又止，默默在心底叹了一口气。

她并不想和唐澄一个班级，这样低头不见抬头见的感觉，她不喜欢。

可是，她又有什么理由去申请换班呢？

新的环境里，九秋对一切都感觉很陌生。高一年级的第一堂课，唐澄就在三十多个学生中，一眼看见了九秋。

他微笑着走过去在九秋旁边的空位坐下。他还没来得及说话，九秋就起身坐到了另外一个位子上。

唐澄怔了怔，缓缓收回了目光。

中午下课时，唐澄去找九秋，对她说道："我们去吃饭吧，叫上凉夏一起。"

九秋揉了揉乱糟糟的头发，脸上泛起困意："你们先去吃吧，我想补会儿觉。"

唐澄微微皱起眉头，她真的只是想睡觉吗？是想要躲着他吧。

可是，她为什么躲着他？

"那我先去找凉夏。"被拒绝后，唐澄没有再发出邀请，淡淡地答了话，就去另一个班级找凉夏。

看到唐澄离开后，九秋抬起头来，放松地靠着后面的桌子，嘴里暗暗骂了句脏话。

九秋的新同桌抬起头，诧异地看了她一眼。

就在之前，这个新同桌还在纸上奋笔疾书。

新同桌看起来相貌一般，微微有点木讷。

九秋白了他一眼，立即起身离开了教室。

虽然他们四个人都在南市，但是关林修并没和他们一样被录入一中，关林修在二中。

以往他们四个在一起，至少有两个电灯泡，现在关林修不在，就只有九秋一个电灯泡了，九秋都快尴尬死了。

然而，只有她内心深处知道，她之所以不愿意和凉夏、唐澄同时待在一起，还有另外一个原因。

凉夏与九秋

只是此时的她不愿意承认罢了。

九秋没吃饭，凉夏让唐澄给她带一些吃的回去。

唐澄委婉拒绝："你去比较好。"

"怎么了吗？"凉夏好奇地问。

唐澄摇了摇头，说："不知道怎么了，感觉九秋在躲着我，我好像没做什么让她生气的事啊。"

凉夏瞪大了眼睛，说："不可能吧？你是不是想多了。"

"不管想没想多，作为曾经的朋友，被冷冷地拒绝，总归心里不舒服。"唐澄叹了一口气，默默地往前走。

凉夏却怔了怔，停下了步子，低低地喊了唐澄一声："唐澄。"

唐澄的心绪被抓回，他微微回身："怎么了？"

"九秋不理你，你好像很在意的样子。"凉夏垂着眼帘，两只手握拳放在胸前，似乎在等待唐澄的答案。

唐澄的眼眸慢慢亮起来，嘴角带着浅浅的笑意，说："我当然在意了，因为她是你最好的朋友。"

凉夏的大脑空白了一秒，他的话是什么意思？

因为是凉夏最好的朋友，所以他才想着要跟九秋好好相处吗？一切……仅是因为她？

"唐澄。"低着头的凉夏脸上浮现出娇羞的神色，她抬了抬眼皮，又迅速地移开目光，说，"我有话想跟你说。"

唐澄是个聪明人，他猜得到凉夏想要说什么。

"我也有话想跟你说。"唐澄缓步朝凉夏走来，先发制人。

凉夏抬起头，懵然地点点头："你先说。"

唐澄说："周五晚上去看电影吧？我去约阿修，你约九秋，如果他们没时间来，我们就两个人去。"

那时，凉夏暗恋唐澄，把他当成全世界最崇拜最喜欢的人看待，她自然丝毫感受不到唐澄这句话的别有用心，还傻傻地沉浸在最后那一句话里：我们就两个人去。

凉夏自然是欣喜的，她就这样欣喜地去跟九秋说这件事，却被九秋狠狠地拒绝了。

"不要嘛。"寄宿宿舍的过道里，凉夏拉着九秋的手撒娇，"你要是不去，只有我跟唐澄两个人，我会不知所措的。我不知道该说什么话，不知道手该放在哪里，不知道露出什么表情看起来才会很自然。九秋……求求你啦，陪我好吗？"

凉夏知道，她的撒娇和恳求是九秋的软肋。

九秋烦躁地挣脱开凉夏的手，转身趴在阳台上，没好气地问："关林修去吗？"

"去！唐澄跟我说了，他也去！"

九秋拢了拢头发，长长地叹了一口气："那就去吧。"

凉夏扑过去，从九秋的身后抱住她，说："九秋，你真好。"

是啊，她很好，她所有的好都是因为凉夏。

而凉夏恐怕永远都不知道九秋的付出，九秋一直在履行自己的承诺——曾经看起来只是玩笑话的承诺。

凉夏与九秋

这个世界，就像一个巨大的旋涡一样，人们只有在里面努力挣扎，才不会被旋涡搅得迷失方向。

"唉。"随着放学铃声的响起，九秋长长地叹了一口气，她真的很不想去啊。

"九秋。"唐澄的声音在头顶响起，吓了九秋一跳。

九秋赶紧抬起头，说："那个……你先和凉夏在校门口等我吧，我有个东西还没找到。"

唐澄狐疑地看了她一眼，说："那好吧。"

等唐澄走后，九秋急得在座位上直跺脚！怎么办，她真的很不想去啊！"鹿同学。"身侧响起一个声音，带着异于同龄人的低沉。

九秋扭头，见是那个木讷的新同桌江瀚。

"需要帮忙吗？"江瀚疑惑地问。

九秋怔了怔，旋即像是想到了什么，不怀好意地凑近江瀚："你真的愿意帮我吗？"

江瀚挠了挠头，说："你说说看。"

"不用说。"九秋轻轻抓住江瀚的一只手腕，神秘兮兮地笑，"既然你这么客气，我也就不客气了，咱们直接开始就好了。"

说完，九秋抓着江瀚的手，碰了一下自己的胸脯，一瞬间，江瀚的脸像充了气一样涨红！

随后，便有一记响亮的耳光声响起，在教室外面都听得真切。

"臭流氓！"被打蒙了的江瀚连连后退几步，身体撞在课桌上。

九秋双手遮挡着胸，可怜巴巴地看着江瀚。

江瀚没有做什么解释，因为此刻的他大脑完全是空白的，他那只手滚烫滚烫的。

"咦？"九秋眨了眨眼，仔细地看着江瀚，不禁倒吸了一口气，"阴差阳错的，真的伤到你了。"

九秋冰凉的手指一触碰到江瀚的颧骨，他如触电一般跳起来，警惕地盯着九秋。

九秋立即放软声音，学着凉夏的样子撒娇："对不起了，是我的错，你看你的脸被我弄伤了，我带你去医院好不好？别生气了，接下来三个月，我都给你买早餐吃！"

江瀚低着头，脸上更加绯红。

九秋不由分说地抱着江瀚的胳膊，将他往学校外面拖。

看到九秋拽了个人出来，凉夏惊道："九秋，你在干吗？"

九秋连忙赔笑："刚刚闹误会了，这傻孩子无意蹭到我，我以为他吃我豆腐，给了他一巴掌，没想到指甲不小心划破了他的脸，我正要带他去医院呢。"

这个女生，真的什么都敢说！

"啊？那你不能和我们去电影院了吗？"

"去的！我答应过你会去就一定去，只是你们先去，不用等我，我随后一定到。"说完，九秋暗暗掐了一把江瀚的胳膊。江瀚没忍住，痛得哼了出来。

九秋故作被吓到，忙说："对不起，对不起，我马上送你去医院。"然后，她急急地跟凉夏、唐澄、关林修道了别，拽着江瀚就走了。

凉夏与九秋

"这是怎么回事啊……"凉夏仍旧没反应过来，呆呆地望着九秋的背影。不过，被九秋这么一闹，她倒是没有之前的那种不自在感了。

"没关系，我们先去吧。"唐澄没有在意九秋的"小心机"，只是不着痕迹地移开话题，"我们先去买票。"

"好吧。"凉夏应道。

医院里，红肿着脸的江瀚被护士处理好了伤口。

九秋一直盯着他看，没忍住大笑起来。

她居然还笑，江瀚别开脑袋，眼神里有着隐约的怒气，奈何此刻的他却像被拉链封住了嘴巴，一句责怪的话都说不出来。

"好了，江瀚同学。"九秋走过去，颇为豪迈地拍了拍他的肩膀，说道，"这样，从今天起，为期三个月，你说什么我听什么，就当成是对你的补偿。"

"当真？"江瀚忽然对上九秋的视线。

"当真！"她九秋什么时候骗过别人了？

只是，九秋不知道，她日后会为此刻的爽快而感到后悔。

"那么，你就先回家吧，我去电影院见我朋友了。"

江瀚默默地点点头，没说话。

九秋欢喜起来，一路小跑到电影院。因今日事情发生得如此顺利，她反而没有任何的压力感了。

九秋赶到电影院的时候，电影已经播放了一半。

不知是有意还是无意，关林修特意把最边上的位子留给了九秋，电影院座椅的扶手上，还放了一盒爆米花。

"谢啦。"九秋坐下，拿起爆米花就吃。

关林修淡淡地瞥了九秋一眼，这才是真正的她啊。

那种察觉到自己心思或者察觉出别人心思就想着逃避的人，不是真的鹿九秋。

电影散场后，关林修先回了二中。

夜色裹着昏黄的路灯，街上有夜宵摊传来的喧闹声。

九秋看起来心情很不错，嘴里哼着轻快的曲子，凉夏却有点心不在焉，似乎在想着其他的事情。

唐澄看了一眼九秋，有些读不懂她，又看了一眼凉夏，低声问："饿吗？需不需要吃点什么？"

凉夏扫了一眼夜宵摊，目光落在口味花甲上，对唐澄点了点头："吃点吧。"说完，她回头招呼九秋："九秋，吃花甲吗？"

"不了。"九秋轻轻一个回旋，对他们笑道，"你们吃吧，我回去看看被我打伤的那家伙现在怎么样了。"

说到这里，凉夏顿时担心起来，用一副大人的口吻说："以后可别那么冲动了，划伤颧骨事小，划伤眼睛事大。"

"哎呀，你怎么跟我姥姥似的。"九秋嫌弃地挥挥手，说，"你们赶紧吃夜宵去，我先走啦！唐澄，记得安全送凉夏回宿舍！"

唐澄点了点头，看着九秋欢快地跑远。

"还是那么毛毛躁躁的。"凉夏无可奈何地摇了摇头。

她同唐澄在花甲摊上坐下，聊着刚才电影里的一些细节。唐澄永远都

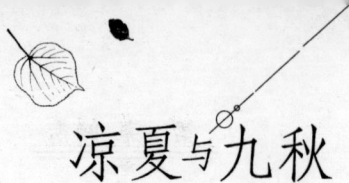

凉夏与九秋

那么淡定且温柔，至少在凉夏面前他一直是这样。

所以，这让凉夏觉得，唐澄似乎就是这样的人。

5. 我们看起来是不同世界的人

"鹿九秋，你之前说的话还作数吗？"江瀚指着颧骨上尚未脱落的痂皮问。

九秋快被江瀚烦死了，她很后悔，特别后悔！

当初约定好在三个月内九秋一切都得听江瀚的，可现在才过了一个月，九秋就受不了了。上课的时候，江瀚逼着九秋听课；下课的时候，江瀚逼着九秋做好作业；江瀚还强制性地给九秋报名参加了娱乐活动和运动项目。

凭什么？她鹿九秋什么时候被人这么管束过！

"江瀚！"终于，鹿九秋忍不住了，在课堂上"哗"地站起来，指着他骂道，"你别没完没了！我不干了！"

老师和全班同学都一脸懵然地看着九秋。

江瀚不动声色地缓缓抬头，说："老师，鹿同学扰乱课堂纪律，打扰我思考问题，是不是该出去罚站？"

还没等老师回答，九秋的身影就"唰"地闪到了教室门口。

"不用你费心！我自己走！"

凉夏与九秋

九秋气呼呼地站在教室外，身体靠着墙，胸口气得一起一伏。

她从没见过这种人。就算是她的爸爸也不会像他那样来管她，将她压得透不过气。这个江瀚，外表看起来那么老实木讷，原来如此表里不一！

他一定是在报复她，一定是的！

九秋没站多久，老师就叫她回座位，让她好好听课。

回到座位上，九秋像是和谁赌气一样将自己的课桌往外移了移，与江瀚的课桌间隔了一条宽宽的缝隙。紧接着，九秋撕下一页作业纸，在上面写着："我后悔了！下课后你打我一巴掌吧，咱们就算扯平了。"

然后，她便将作业纸揉成纸团扔在了江瀚的桌上。

江瀚默默地拆开纸团，看完内容后在纸上面写了几个字，又仔细地将纸折好，放在九秋的桌上。

九秋拆开纸一看，上面写着两个工整的楷体字——拒绝。

九秋皱起眉头，愤愤地将作业纸撕得粉碎，然后捂着耳朵独自生闷气。然而，九秋一切暴躁的行为，在江瀚眼里都像是一片无关紧要的山岚，轻飘飘地从眼前掠过。

九秋不再避讳和唐澄接触，因为现在她谈论的话题里有了江瀚，江瀚每天在她的口中都是不同的形象，要么是变态，要么是垃圾，总之没有一个好的。

凉夏和唐澄常常无奈地对视，感觉九秋要走火入魔了。

"你们觉得，他是在报复我吗？"九秋认真地问唐澄和凉夏。

"我……我不了解他。"凉夏心虚地看了唐澄一眼，而唐澄没有回答九秋的话。

九秋气愤地双手叉腰，说："他一定是在报复我！这个小人！"

"可是九秋，明明是你先伤到人家，也是你主动说，为了赔礼道歉，以后他说什么你就做什么的啊。并且，江瀚逼你做的那些事情，似乎对你没什么坏处……"凉夏小声地说，话音未落又怕被九秋责骂，赶紧吸了口手里的奶茶。

九秋皱眉嚷道："可他限制了我的自由！"

凉夏撇撇嘴，不知道该说什么。倒是唐澄，似乎感觉到九秋越来越生气，便侧头轻声对凉夏说："我们先走吧。"

"逃命要紧。"凉夏赶紧点点头。

"喂！喂——你们两个干什么去？"九秋咆哮着。

"做作业去。"两人异口同声地回答。

"死读书，死脑筋！去做你们的作业吧！早晚变成书呆子！"九秋愤愤地骂着。

"鹿同学。"她的话音刚落，身后便响起了一个冷冷的男声。九秋后背一凉，全身的寒毛都竖了起来。

她已经藏得很好了！这片角落的草地是学校最隐蔽的地方，那个"恶魔"怎么还是找来了？

"你上午听写的英语单词错了十四个。"江瀚略带讽刺意味地说道，"很棒呢，我们才听写了二十个单词。"

九秋愤然回头，看着江瀚面无表情地将英语作业本递给自己。

九秋压下心中的怒气，伸手接过英语作业本，艰难地挤出一丝笑容：

凉夏与九秋

"谢谢夸奖。"

说完，她便甩袖离开。

江瀚望着九秋离开的背影，脸上的漠然渐渐融化，取而代之的，是如春风般和煦的笑意。

九秋的世界里多了让她头疼不已的江瀚，也就让她很少有时间去思考她和唐澄之间的关系了。

表面上，她和唐澄只是普通的朋友，但其实两人的关系盘根错节。

周末，大巴站里人挤人，水泄不通。九秋在前，唐澄在后，排队等着过安检。

凉夏因为家里有事，提前回云城了。原以为即使凉夏不在，至少还有关林修在，但是关林修这个周末也因为课外实践，不能回家。

"小心点。"唐澄忽然伸手抓住九秋的胳膊，插队的人所背的旅行包擦过唐澄的手背，留下了一道白色的擦痕。

九秋低头一看，转而怒视着插队的人："喂！好好排队过安检，挤什么挤？"

那个插队的人回头看了一眼九秋，并没有理她，仍旧横冲直撞地挤了进去。

"什么素质！"九秋呸了一口，扭头问唐澄，"蹭着没有？"

唐澄摇了摇头，他手背被蹭到的地方，此时已经泛红了。

终于过了安检，成功上了车，九秋与唐澄一前一后坐在靠窗的位子。两个小时的路程，他们一句话都没有说。

下车的时候，唐澄帮九秋提着背包，递给她时，顺口说了一句："我送你回家吧。"

九秋拒绝说："不用了，我自己走吧。"

唐澄喊住她，很困惑地问："为什么我总感觉你在躲着我？九秋。"

"有吗？"九秋故意笑了笑，似乎对唐澄的话感到十分惊讶，"你为什么这么认为？"

"你总是在拒绝我，以前你不是这样的。"唐澄微微皱起眉头。

九秋故作不解："唐澄啊，你这么说，会让人产生误解的。"

唐澄舔了舔嘴唇，避开目光，说："我只是很困惑，你知道的，你和凉夏对我来说，都是特别重要的朋友，我跟凉夏一直都很好，你却忽然间避着我，我总以为自己做错了什么。"

"你没有做错什么，唐澄。"九秋将书包背好，微微笑了，"你知道与好朋友喜欢的异性，不能走得太近吗？我也拿你当朋友，我没有刻意避着你，我只是想为凉夏和你创造更多的机会。唐澄，凉夏一直都很喜欢你，你是个聪明人，一定也知道。"

唐澄叹了一口气，语气有些低落："我知道……"

"所以你别瞎想了。"九秋拍拍唐澄的肩膀，说，"早点回去吧，周日一起返校。"

说完，她便转身准备离开，刚一转身，眼神中就多了些复杂的意味。

唐澄看着九秋离开的背影，自己也转身往家的方向走去。

是他想多了吗？她没有刻意躲着他？

那个年纪男女生之间的关系，在成人看来是十分简单的，但是对他们

凉夏与九秋

自身来说，却十分复杂，像一团乱糟糟的毛线，怎么理都理不清。

又是一个秋季，窗台上飘落了一片片红了一半的枫叶。

凉夏咬着笔杆，口中念着"和羞走，倚门回首，却把青梅嗅"，却突然因此想到了唐澄。

就像她看到一座漂亮的房子，就想着以后要和九秋住在里面一样，她总因为美好的情愫和画面浮想联翩。

不知道这个时候，唐澄在做什么，九秋又在做什么呢？

凉夏想着想着，就忍不住笑了起来，嘴角的弧度带着少女独特的幸福意味。

"嗡嗡——"手机忽然振动了一下，凉夏拿过来一看，见是QQ聊天软件上有人申请加她为好友。

凉夏的QQ刚申请没多久，好友名单里只有九秋、唐澄和关林修，现在也不知道是谁要加她为好友。

那个人的昵称叫"飞翔的天使"，性别男，验证消息是：你好。

凉夏想了想，通过了对方的申请。

刚接触QQ的人都有一个通病，就是谁加自己为好友，都不会拒绝。

很快，对方发来了一条消息："你好，美女。"

凉夏拿着手机躺在床上，回应他："你是？"

对方回："我们是同一个学校的。"

凉夏又问："你叫什么名字？"

对方说："你叫我飞翔就可以了。"

凉夏撇撇嘴，觉得有些无聊。

对方好像认识自己，不过，这不重要，最好的朋友和最喜欢的少年凉夏都有了，别人对她来说，无关紧要。

接下来的日子，凉夏虽然没有搭理对方，对方却总是乐此不疲地每天发来问候。

"吃饭了吗？"

"在干什么？"

"要睡了吗？"

"什么时候回学校？"

凉夏终于忍不住了："你到底是谁呀？不说我就删了你。"

对方发来消息："别，我只是想跟你交个朋友，但是怕自己不够好，不配成为你的朋友。所以，为了保护我这点可怜的自尊心，能不能别问我是谁？你放心，如果你忙，我肯定不会打扰你。"

凉夏是个心软的人，听到对方这么说，她也就没有再追问了。

虽然"飞翔的天使"身份不明，但是通过聊天凉夏感觉他人还不错，凉夏觉得，多这样一个朋友，也挺好的。

这个人的存在，凉夏没有告诉任何人，因为他还没那么重要。

约定的三个月期限结束的那一天，九秋是吹着口哨奔向教室的，江瀚果然已经早早地来了。

九秋敲了敲江瀚的桌子，兴奋地跑到讲台上，用教鞭指着黑板上写的日期，使劲地敲打着黑板向江瀚示意。江瀚漠然地抬头看了一眼，然后又

凉夏与九秋

低下头去翻看课本。

被忽视的九秋立马冷了脸。

站在门口的凉夏忍不住捂嘴笑了。今天一大早九秋就把凉夏喊起来，要她跟着她来看好戏。

"江瀚同学。"九秋用教鞭敲打着讲台，一字一顿地说，"知道吗？三个月的期限已经过去了，你的噩梦要开始了。"

江瀚不慌不忙地说："是吗？三个月都过去了，鹿同学还想与我保持亲密无间的关系？"

"呸！什么亲密无间！臭不要脸！"鹿九秋生气了。

江瀚头也不抬："那还不赶紧结束？不用再管鹿同学，我感觉轻松了很多。"

"你……"九秋愤怒地指着江瀚，凉夏似乎能看到她头顶熊熊燃烧的怒火。

"九秋。"凉夏赶紧走过去，将九秋拉出教室，对她说道，"行了，你就别去招惹江瀚了，现在没有他管你了，不好吗？难道你又想被他盯得死死的？"

"不想。"九秋嫌弃地说。

"那不就得了，你干吗还要去挑衅他？"

九秋撇撇嘴，说："那算了，我不去招惹他了，我去找老师调位子。"说完，九秋立即往老师的办公室走去。

九秋是个行动派，这一点凉夏早就习惯了。

而让人哭笑不得的是，九秋调位子的建议，老师同意了。九秋调位子的理由是"江瀚同学那么优秀，像我这种拖后腿的人坐在他旁边会影响他的学习"。

老师对此给的答复是："我觉得你说的很有道理。"

于是，九秋被调到了最后一排。吃饭的时候，她把筷子插进米饭当成一炷香，对着青天拜了三拜，以表感谢。

"可是——"凉夏担心地说，"咱们是要考大学的人，你坐在最后一排，没人管你，你又不自律，怎么考大学啊？"

九秋闻言，低头扒饭，不自觉地笑了笑。

她真的不自律吗？如果真的不自律，照她以前的成绩，怎么可能和凉夏一起考上一中？

"唐澄。"凉夏觉得这是一件十分重要的事情，当即放下吃饭的勺子，对着对面的唐澄说，"你要好好地监督九秋！"

"林凉夏，你管太多了，而且你……有你这样把自己喜欢的人推给别人监督的吗？"九秋不耐烦地说。

"什……什么喜欢的人啊！你……"凉夏因这突如其来的一句话憋红了脸，连忙解释，"别胡说八道！还有，你是我最好的朋友，什么叫别人？你是别人吗？"

九秋没有说话，心思却涌动起来。

要唐澄来监督她，不是更折磨她吗？还不如让江瀚来监督呢。

不过，九秋没能说得过凉夏，或者说，她从来不会真正和凉夏去争执什么。

既然凉夏让唐澄来监督她，那么她同意便是，到时候她自觉一点，不

凉夏与九秋

让自己有更多的机会与唐澄单独接触就好了。

所以，自从唐澄来监督九秋后，九秋每一次作业都完成得很认真。

唐澄会随意地翻看一页，挑了挑眉："做得不错嘛。"

"那是自然。"九秋脸上带着掩藏不住的骄傲。

唐澄笑了笑，将她的作业本和自己的作业本收在一起，他们并没有觉得有什么异样的感觉。

高中第一年的元旦晚会，九秋和凉夏因班级阵营变成对手。

而九秋觉得，这种对决没有意思，因为凉夏肯定会赢。为什么？因为九秋把自己班上女生的名字提了一遍，发现没有一个能与凉夏抗衡。

凉夏人长得漂亮，从小就能歌善舞，又是一个大才女。

元旦晚会，凉夏是A班的统筹。他们班需要表演什么类型的节目，由全班同学票选出来，然后，一切都听从凉夏的安排。

他们班表演的是舞台剧《倾城之恋》，这是一部极其考验舞蹈、表演功底的舞台剧，是今年元旦晚会上最新颖的节目。

然而，九秋班上选择的却是诗朗诵——《满江红·写怀》。

其他班上的人都笑九秋所在的B班，单调的诗朗诵有什么好表演的，然而，他们不知道的是，B班的诗朗诵不只是诗朗诵。

更令九秋吃惊的是，诗朗诵里面的撒手锏，是江瀚想出来的。

元旦晚会迫在眉睫，每个班的人都在暗地里紧张地排练节目，生怕自己的排练被别班的人看见。

九秋和凉夏也很默契地达成了"竞争"协议。

九秋说："凉夏！你看着办吧，这次我们班会赢的。"

凉夏胸有成竹："谁输谁赢还不一定呢。"

凉夏和九秋都很享受这种竞争的感觉。以前她们一直是以共同体存在的，如今，她俩第一次成为对手，要为自己的阵营赢得荣誉，她们都不想认输。

排舞台剧不是件容易的事情，但幸运的是，《倾城之恋》最重要的角色只有两个，这大大降低了排剧的困难程度。

在选"范柳原"这个角色时，班上的风云人物简映飞自告奋勇，凉夏有些喜出望外，因为简映飞的性格与样貌，是全班最贴近范柳原的人。而且简映飞向来不参加班上任何活动。这一次他的自告奋勇，倒让凉夏多了些意外。

在凉夏给简映飞讲述剧情时，简映飞说道："如果我是范柳原，一开始就直接娶了白流苏。"

"不。"凉夏摇了摇头，认真地说，"正因为你不是范柳原，所以你才会这么想。你要记住，剧情的前面范柳原和白流苏是有拉锯战的。"

简映飞愣了一下，说："我回去再读一下这本书。"

"好。"凉夏应道。

尽管简映飞不喜欢看这种类型的爱情故事，但还是重读了这本书，只是依然没有读进去，索然无味之余，他拿出手机给凉夏发了条QQ信息："听说你们班要演《倾城之恋》？"

正在宿舍整改剧本的凉夏看到"飞翔的天使"的消息，问："你想打听什么？"

凉夏与九秋

"没什么，没有。"隐藏在"飞翔的天使"这个名字之后的简映飞回复道。

凉夏又问："那你们班表演什么？"

过了很久后，简映飞发了两个字过来："秘密。"

凉夏笑着摇了摇头，然后放下手机继续整改剧本，不再理会"飞翔的天使"。

能跟凉夏说几句话，简映飞就很满足了。凉夏那清雅出尘的样子、与其他女生不一样的性格、皱眉思考问题的专注，他都很喜欢。而且是从开学的那天起，就喜欢了。

记得那天阳光很好，凉夏早早到班上，选了靠窗的位子坐下。

她单手撑着下巴，望着窗外阳光里的树影，薄薄的刘海被染成了鎏金色。简映飞一进教室，目光就被她吸引了。

有时，简映飞有意无意地接近凉夏，向她问个题，或者借块橡皮，凉夏总是温柔地微笑说："不用客气。"

跟班上其他的女生相比，她从不会对模样俊朗、家境优渥的自己有任何讨好的行为。

简映飞觉得，凉夏的气质只有书里的人才会有。

也正是因为她独立于人群的清雅，简映飞才不敢轻易地去妄想能跟凉夏成为朋友。

排练的那些天，简映飞表现得十分听话，也十分卖力。他用心地听着凉夏的指导，完成和凉夏的每一次配合，台词、舞蹈、拥抱，每一个能与凉夏接触的动作，简映飞都完成得小心翼翼。

　　简映飞和凉夏之间很有默契，还未正式表演，就让大家觉得这部《倾城之恋》的舞台剧一定会取得胜利。

凉夏与九秋

6.再年少，感情也瞒不住

学生时代，即使再不喜欢某个人，但在集体意识上，还是会"化干戈为玉帛"。

江瀚是B班晚会的核心人物，对他，九秋言听计从，因为没有他，B班的诗朗诵一定上不了台面。

"真没看出来，这家伙还挺厉害的。"休息时间，九秋和唐澄坐在一起，不由得感慨。

"人不可貌相。"唐澄给九秋拧开一瓶水。

"谢谢。"九秋接过水，咕咚咕咚喝了几口，问，"你对咱们班有信心吗？"

唐澄回答："有。"

"那你想我们赢呢，还是凉夏赢？"九秋故意抛出这个问题，饶有兴味地看向唐澄。

唐澄直视九秋，九秋却不动声色地移开了目光。唐澄嘴角有些笑意："我们。"

九秋笑出了声，捂着嘴，说道："这要是被凉夏知道，那就惨了。"

　　唐澄脸上的笑意更深，他看着周围休息的同学们，说："那就不要让她知道好了。"

　　他这句话像是守着小小的独属于两人的东西。

　　九秋的心思都放在诗朗诵上，没有听出来他话中深意。

　　比赛的那天，表演厅里坐满了同学和老师，还有部分家长。

　　高一年级的学生刚来到新的环境，总是最积极和期待的。因此，那次晚会中，脸上笑容最多的便是他们了。

　　根据晚会安排，A班的《倾城之恋》是第10个节目，B班的《满江红·写怀》是第14个节目。

　　《倾城之恋》是所有表演中，唯一一个主题元素为爱情的节目。

　　凉夏与简映飞带领其他的演员在舞台上将"倾城"的恋爱演绎得淋漓尽致，灯光闪烁，音乐牵动着每个人的心，让人身临其境的演出感动了在场的所有人。

　　而《满江红·写怀》一开始只是朗诵，虽然抑扬顿挫，但整体平淡。然而，诗朗诵结束后，江瀚从人群里走了出来，面向朗诵队的同学，渐渐抬起手摆出了音乐指挥的动作。

　　在舞台一侧观看表演的凉夏吃了一惊，心想，难道他们还有后续吗？

　　果然，一段悲壮的前奏音乐忽然缓缓响起。

　　随着江瀚的指挥，朗诵团合唱起了以《满江红·写怀》为词的歌曲，而这首歌的曲作者，正是江瀚！

　　如果说诗朗诵只能得到六十分，那么这首声色饱满的合唱加上江瀚流畅潇洒的指挥动作，这个表演就能得到九十九分！

凉夏与九秋

凉夏有些慌张，因为现在的这场表演，足够与她的《倾城之恋》抗衡了。果然，最后是《满江红·写怀》赢得了所有评委老师的肯定，获得了元旦晚会的第一名。

即使在学生里面，喜欢《倾城之恋》的人要更多。然而，喜欢没有什么用，最后的结局才是决定谁胜谁负的关键。

作为第二名的A班代表凉夏站在第一名的B班代表江瀚的身边，凉夏似乎能感受到他身体里蕴含的深不可测的能量，他似乎不是大家表面上所看到的那样。

在雷鸣般的掌声中，凉夏微笑着，大度地说道："恭喜你，江瀚。"江瀚的目光在人群里穿梭，嘴里回应凉夏："你的白流苏，很传神。"来自对手的夸赞，有时候比朋友的夸赞更重要。

走下颁奖台后，简映飞跟在凉夏身后，自责地说："对不起啊，凉夏，我没有帮你拿到第一名。"

凉夏回身笑看着简映飞："为什么要说对不起？没拿到第一名就说明我们做得不够好吗？"

"没有。"简映飞连忙摆手，"你已经做得很好了！"

"是我们做得很好。"凉夏把奖状递给简映飞，说，"你等会儿让我们班长把它贴在教室墙上，我要先去办一件事。"

"要不我陪你去吧？"简映飞说。

"不用了，我很快回来。"凉夏说着，就离开了表演厅。

刚走出表演厅，凉夏就看见B班的同学在门口为第一名的荣誉而欢呼雀跃。九秋和唐澄也在里面。

凉夏笑了笑，由衷地为他们欢喜。

她没有久留，而是去了一趟小卖部，买了许多小零食回教室，分给了全班同学。

"大家都十分努力，我本以为这次表演能拿第一名，然而……"凉夏知道大家有些失落，便把一大包零食搬上讲台，说，"别苦着脸嘛，我给你们买了吃的，来个人帮我分一分。"

"凉夏，我并没有觉得我们做得不好。"有同学不满地说。

凉夏笑道："谁说我们做得不好了？"

"但是为什么我们没有拿到第一啊？"

凉夏顿了顿，问："你们喜欢吃苹果的举一下手。"

班上大部分的人举了手。

凉夏又说："喜欢吃香蕉的举下手。"

又有一部分人举了手。

凉夏扫视着全班同学萎靡不振的样子，说："你们当中，有的喜欢吃苹果，有的喜欢吃香蕉，也有的香蕉、苹果都喜欢吃。但是都喜欢吃的人，你们今天选择了苹果，就代表你们不喜欢香蕉吗？喜欢苹果的人，你们能说香蕉不好吃吗？可是有的人就喜欢吃香蕉啊。我们和B班的两场表演都很优秀，这种优秀是不同的，就像苹果跟香蕉，有的人喜欢这种，有的人喜欢那种，但这并不代表不喜欢的就不是好的。我们很认真对不对？我们很努力对不对？我们赢得的那么多掌声都是真心的对不对？这样就足够了，何必非要得到一个最好的名次呢。"

班上鸦雀无声，刚刚发出埋怨的同学纷纷低头。

凉夏与九秋

"怎么死气沉沉的？"班主任陈老师走进来，脸上带着光，"愣着干吗？还不给我把奖状贴到墙上，我带了这么多班级，就数你们最争气！哈哈哈！"

陈老师的话让同学们诧异地对视一眼。

"哟，你还给大家买吃的了？这该我来买啊。"陈老师挠挠头，看着讲台上的零食，然后小声地对凉夏说道，"一会儿你告诉我多少钱，我给你啊。"

凉夏捂嘴微微一笑："没事的，我请大家吃，陈老师你也吃。"

陈老师嘿嘿笑起来，说道："好孩子，大家都是好孩子。简映飞，帮班长把奖状贴起来，这是我们班团结的象征，何况同学们的表现，在我心里，已经是第一了！"

"就是！他们只是碰到了符合校园的题材，得了名誉上的第一而已。"一学生说道。

"就是就是，没什么不服的，第一名又怎样嘛。"另一学生接腔。

同学们开始叽叽喳喳地讨论起来，教室里的气氛也活跃起来。

陈老师和凉夏对视一眼，露出了会心的微笑。

有些人，生来胜负欲就很强，非达顶峰不足以填其欲壑，而有些人心态平和，只注重过程，结果如何，无关紧要。凉夏原以为自己是第一种。

因为那个时候，她还没有遇到能让她本身渴望得到的人或事物。

如今，这是凉夏与九秋一起过的第十七个春节。

离开了学校，大部分活动空间就是家。南方的冬天有些湿冷，凉夏和九秋穿着厚厚的棉袄趴在天台上，看着干枯的藤蔓延伸到了楼下窗户边。

"光冷不下雪。"九秋紧紧抱着自己，眺望着云城的灯火。

"上一次下雪，都是九年前的事了吧。"凉夏回忆。

"果然还是北方更适合我们这种喜欢雪的人呀。"九秋说。

"九秋，你想去北方看雪吗？"凉夏侧头问。

"不，我想去日本看雪！"九秋想起了《百变小樱》里，小樱在风雪里大战库洛牌的身姿，满眼羡慕。

"那咱们去看吧，一起。"凉夏眼里闪着光。

九秋偏头看着她："什么时候？"

"二十岁吧。"凉夏双手撑着天台，仰头看着星空，"二十岁，可是很重要的一个年纪呢。"

"好，那就二十岁。"九秋嘿嘿地笑起来，也抬起头望向星空。

二十岁的时候，她们一定比现在更美好，两人在心中同时想着。

"闺女们，快下来烤火，火生好了。"凉夏妈妈在楼梯口大声地喊。

凉夏和九秋慢腾腾地挪着脚步，往楼下走去。客厅里，爸爸们在喝酒看春晚，妈妈们在做年夜饭。凉夏和九秋盘腿坐在蒲团上，烤着炉火，有一句没一句地聊天。

凉夏低着头，偶尔看看手机，打开的界面是QQ。

半个小时前，凉夏给唐澄发了一条消息：在干吗呢？新年快乐啊。

到现在还没收到回复。

九秋在一旁看着春晚，傻乐呵："哈哈哈，马大姐太搞笑了。"

凉夏没心思看，一直盯着手机。忽然，QQ显示有一条消息。凉夏赶紧

凉夏与九秋

查看，却不是唐澄发过来的，而是"飞翔的天使"发来的新年问候。

与此同时，九秋放在兜里的手机振动了一下。她疑惑地拿出来一看，是唐澄发来的短信：新年快乐。

九秋以为只是普通的祝福短信，于是回了"同乐"两个字。

凉夏打开与"飞翔的天使"的对话框，说："新年同乐，我在帮妈妈做年夜饭，一会儿聊。"

然后，她就把手机放了下来。

九秋一脸八卦地问："凉夏，是不是唐澄在给你发消息呀？"凉夏摇了摇头："不是，唐澄好像没看到消息，一直没回复我的QQ信息。"

听到这句话，九秋脸上的笑容僵住了，一时间慌了神。

"可能……没有上QQ？要不，你发短信问吧。"九秋说得有些结巴。

凉夏没有注意，只是重新拿出手机："有道理，我短信发个'新年快乐'吧？"她问九秋。

九秋规矩地坐回自己的位子，两只手有些不知所措地摸着膝盖，说："可以吧……"

凉夏低头发送信息，没一会儿，短信的提示铃声就响了起来。

凉夏笑了，拿起手机在九秋面前挥了挥，说："他说'同乐'。"

九秋扯出一丝不自然的笑，借故离开："我去上厕所。"

她赶紧跑去洗手间，将门重重关上，倚着厕所门，看着自己手机里那条普普通通的短信，陷入了沉思。

唐澄他……他只是还没来得及给凉夏发吧？毕竟从通讯录名字上来讲，自己的名字在凉夏前面，所以唐澄就先给自己发了。

一定是这样的，一定是他还没来得及给凉夏发短信……

为什么会这样呢？为什么心里会隐隐不安，就好像自己背着凉夏做了什么不该做的事情一样？可是，她明明什么都没做……

九秋叹了口气，心里有莫名的负罪感。

那晚的年夜饭九秋吃得没有任何味道，回到卧房后，也是一夜未眠。

九秋不明白，为什么一直以来无比豁达的自己，在面对唐澄突如其来的"优待"时，竟然紧张得无所适从。

她……不该是这样的。

和唐澄在一个班上，这令九秋内心更加纠结了。

他若不找她倒还好，她就当个清闲的人，想睡觉就睡觉，想听课就听课，宁愿被老师逮着教训，也不想和唐澄搭一句话。

然而，唐澄未必这样想。

"不是吧？还来……"九秋只是偷了一次懒，没有做作业，唐澄就站在她座位面前，对她伸出手。

"我没做，中午补上成吗？"九秋挠了挠头。

唐澄点点头："好，中午我守着你做。"

等等！他说什么？中午……中午守着她做？

九秋猛然抬头，瞪着唐澄，可是唐澄已经转身回到了自己的位子上。九秋暗地里直跺脚，狠狠咬着牙，却又拿唐澄没办法。

中午，下课铃一响，唐澄就搬着凳子坐在了九秋的旁边。九秋说："我很饿的！"

凉夏与九秋

"写完了去吃。"唐澄体贴地将作业本铺开，端端正正地放在九秋面前。九秋恶狠狠地说："唐澄！没看出来你这么恶毒！"

唐澄笑了笑，说道："没办法，凉夏交代给我办的事情，我一定会办好的。"

"叮——"九秋心里莫名动了一下，凉夏？真的是因为凉夏吗？那为什么除夕夜他会忘记给凉夏发短信？眼前这个家伙，到底什么时候是真的，什么时候是假的？

想到这里，九秋小声地说："凉夏要你去死，你也去吗？"

"说不定呢。"唐澄撇撇嘴。

"我要告诉凉夏！"九秋双手叠在课桌上，身子往前一倾，狡黠地盯着唐澄。

唐澄对上她的目光，却没有接话。

"喀喀。"不远处，江瀚咳了咳，将书本收拾好，起身出去吃饭。

看着江瀚走远，九秋跟唐澄说："放我走，现在教室里只剩我们两个了，别人会误会的。"

"只剩我们两个了，谁误会？"唐澄问，随后又说，"再说了，有什么好误会的，我在监督你写作业而已。"

"真是烦死了。"九秋恼怒地抓起笔，在桌子上使劲杵了两下，算是发泄了内心的躁动。

可是，数学本上那些数学符号像蜘蛛一样，在她脑海里织了一张一张的巨网，将她的思绪全部吞噬。

她根本……就静不下心啊！

"你们在干什么？"凉夏的声音从窗边飘出。

九秋像慌了一般，身体微微颤抖了一下。倒是唐澄，好似寻常寒暄一样，扭头说："凉夏，你过来。"

凉夏绕到教室前门，走了过来。

"你来得正好，跟我一起监督九秋吧。"唐澄搬了一张凳子放在自己身侧，让凉夏坐下。

凉夏进来的第一句话便问："九秋，你又没有做作业啊？"

"在你们眼里我那么不堪吗？"九秋痛苦地抱着头，话音刚落，肚子便不争气地叫了起来。

像是抓住了救命绳，九秋连忙期待地看着唐澄和凉夏，说："可以先去吃饭吗？你们听，我肚子都在叫了！"

唐澄与凉夏对视一眼，像是读懂了彼此的内心。凉夏起身说："我去把吃的带上来。"说完，就离开了教室。

唐澄看向九秋："你继续。"

可九秋不想继续。

九秋现在心里很矛盾，她想把矛盾弄清楚。

于是，九秋将作业本合上，对唐澄说："你回答我一个问题，我就做作业。"

"你说。"

九秋逼近唐澄，问："除夕夜那晚，为什么你给我发了短信，却没有给凉夏发？"

她死死地盯着唐澄的眼睛，不允许他有任何思考和说谎的机会。

凉夏与九秋

唐澄的眼神没有躲闪，只是反问道："只是一条短信而已，需要什么理由吗？"

"当然！虽然你和凉夏没有正式表态，但是你们的关系，我们这些朋友都已经默认了。除夕夜你不给她发短信，而给我发，你就不怕我误会什么吗？"

九秋一口气将自己的疑虑全部说了出来。

唐澄看了她许久，缓缓地移开目光，视线落在斜下方。半晌，他喃喃道："如果……不是误会呢？"

如果，一切都和九秋想的一样呢？

九秋整个人受了刺激一般"腾"地站起来，说："不知道你在说什么，我去上厕所了！"

说完，她快步跑了出去。

风在她耳边呼呼地刮着，九秋却觉得自己什么也听不见，什么也看不见，她只感觉自己面颊发烫，烫得不得了。

好不容易跑进厕所，九秋将自己关在隔间里，大气都不敢出。现在是午餐时间，大家都去食堂了，厕所里一个人也没有，安静得宛如偌大的世界里只剩她一个。

心跳得太厉害了，像是要从胸腔里蹦出来。

鹿九秋，你到底在干什么？

为什么要躲呢？

稍稍冷静下来的九秋蹲在厕所的隔间里，愁眉苦脸地敲着额头。

躲了，不正说明了自己心虚吗？当时自己就该一巴掌甩给唐澄，让他别胡说八道！

可是现在，她像个逃兵一样躲在这儿，又怎么去面对凉夏和唐澄？

还有，唐澄对凉夏到底抱着怎样的感情？

唐澄为什么要说那句话，他到底是什么用意？

这边，九秋躲在厕所不敢出去，那边，凉夏已经买好了午餐上来。

见九秋不在，她便问："九秋呢？"

"去厕所了。"唐澄缓缓抬头，说，"把她的那份放在这里，我们出去吃吧，别打扰她。"

"好。"凉夏点点头，把给九秋准备的盒饭分了出来。

唐澄要和凉夏出去的原因很简单——他怕九秋尴尬。

无论多大的年龄，都瞒不住喜欢一个人的心情。

唐澄喜欢的是九秋，不是凉夏，从一开始就是。

但是唐澄知道，一旦他说出这件事情，九秋就会躲他躲得远远的，因为九秋不想让凉夏难过。

他想的没错，事实也证实了他的顾虑。

而当他们三个人再一次在一起时，面对九秋的故意装傻，唐澄也只是默不作声，假装自己什么话都没有说过。

唐澄并非不敢去要一个答案，只是他觉得，向来我行我素的九秋这样胆小地逃避这件事，让他心里有些不安。

岁月流逝，他们三人看似平和的关系下，早已暗涛汹涌。

他们刚升高三的时候，九月的南方小城酷热难耐。

凉夏与九秋

凉夏坐在九秋的家里，摇着蒲扇看书——停电两个小时了，九秋家的客厅比自己家的要凉快，所以她过来待着。

九秋在厨房切西瓜，手机放在客厅，突然振动了两下。

凉夏拿起手机一看，是一条无关紧要的广告短信，她习惯性地想帮九秋删了广告短信。然而，短信刚删除，凉夏就看到屏幕下方边缘隐约有唐澄的名字。

由于两个人之间一向没有什么秘密可言，凉夏也就好奇地点进去，第一条短信内容是：你新买的鞋子忘在教室里了，我帮你带回来了，赶紧下楼来拿。

第二条内容是：新年快乐。

"新年快乐"那条消息是一年多前的。

凉夏记得很清楚，那时，她在QQ上给唐澄发了好多条消息，唐澄都没有回。

就算唐澄没有看到QQ信息，为什么那一年他给九秋发了短信，却没有给她发？

凉夏是个敏感细腻的人，看到这条短信的时候，她脑海里冒出了一种唐澄和九秋关系的潜在可能，但是这种可能绝非对自己有利。

凉夏呆呆地发愣，双眼无神地注视着某个地方。

从厨房里端着切好的西瓜出来的九秋看到这一幕，当即愣了一下。但很快她又退回到厨房，特意先吆喝了一声："西瓜来咯，小宝贝！"

听到声音，凉夏将手机放回原处，恢复成看书时的状态。

九秋将西瓜放在客厅的茶几上，给凉夏递了一块过去："给。"

凉夏接过来，淡淡地说了声："谢谢。"

九秋有些心虚地啃着西瓜，好一会儿才试探性地问凉夏："凉夏，你……准备考哪所大学啊？"

念哪个初中，去哪个高中，考哪个大学，是所有学生在毕业季必被问到的问题。

凉夏合上书，微微仰头想了想，说："想去大城市。"

"对，对，我也想，我觉得去大城市能见世面。"九秋附和着，哪怕自己都觉得话里透着丝丝尴尬。

凉夏笑起来，起身坐到九秋身边，神秘地问："九秋，今年一过，我们就是大人了，在十八岁来临之际，你有什么想去做的事情吗？"

九秋做思考状，说："给咱俩办一个成人礼？"

"好哇，好哇！"凉夏来了兴致，兴奋地说，"我想在成人礼上跟唐澄表白。"

九秋的笑有那么一瞬僵在了脸上，但她很快又恢复了正常，说道："很好啊……"

"我想我们俩可以同时恋爱，到时候要是能一起结婚就最好了！"凉夏看着九秋的眼睛，眼神无比纯真，仿佛自己所说的每一句话都真诚得不沾染任何杂质。

九秋摸了摸脑袋，又无措地搓搓手："可我又没有要表白的人……"

"九秋还没有喜欢的人吗？"凉夏好奇地问。

九秋陷入沉思，脑海中浮现的画面是她们年纪甚小，第一次遇见唐澄的时候。

凉夏与九秋

那年秋天的清晨，有厚重寒冷的白霜。马路两旁的枯草上白茫茫一片，远远看去像是下雪了一样，路上也很滑，九秋牵着凉夏慢腾腾地往学校走去。

就是那个时候，唐澄穿着干净的校服，脖子上围了条细线织成的红色围巾，头上戴着同样颜色的耳罩，出现在她们眼前。

那时，唐澄是路过的男生中最清秀的一个，皮肤比女孩子的还要白，圆而亮的眼睛就像饱满晶莹的黑葡萄，叫人看一眼就被深深吸引。

凉夏看到唐澄一下子就挪不开步子。

九秋见拉她不动，便也好奇地看了过去，当即就明白了凉夏心里在想什么。

但她还没来得及打趣凉夏，唐澄忽然就踩到白霜，脚底一滑，摔了个四脚朝天，那样子狼狈极了。

九秋看见后，毫不留情地大笑起来。

听到笑声，唐澄的脸憋得通红，慌慌张张地想要爬起来，结果因为路太滑，又摔了一跤。

九秋笑得更欢了，凉夏一直示意九秋不要笑，但九秋就是控制不住。

那件事情对唐澄来说，是永远忘不掉的"耻辱"，而他也就是那个时候，记住了嘲笑他的九秋。

只是，九秋一直都不知道。

身边的女孩也在同一时间同一地点，因为不同的原因对同一个少年产生了少女怀羞的喜欢。

九秋吸了一口气，转过身，喃喃地说："有倒是有……但是……"

"咯噔——"

凉夏的心里像有个阀门被突然拉开，不安的心绪喷涌而出。

"可是，我配不上人家。"九秋低落地说。

凉夏心里想要一个答案，于是继续问："什么人啊，我们家九秋都配不上人家？"

九秋叹了一口气，转身看着凉夏，声情并茂地说："人家是富二代、大少爷，你看我，看看我们家这栋房子，再看看我的长相、我的学识，你觉得我配得上人家吗？"

凉夏这下纳闷了，她说的那个人，看起来不像唐澄啊……

难道，一切都是她想多了？

"什么人那么厉害？"凉夏这次是真的好奇。

九秋咬着下唇，拉过凉夏的胳膊，伏在她身上，在她耳边说话："就是你们班的那个简映飞，其实……其实元旦晚会那次，我就……"

"啊……"凉夏信以为真，不可思议地问，"你……你喜欢的真的是简映飞？"

凉夏也许把全校男生都猜个遍都不会猜到简映飞，因为简映飞的桃花运太好了，九秋最不喜欢的就是这类男生，可是九秋居然告诉她，自己喜欢简映飞！

"我知道你肯定不信，但是凉夏你扪心自问，简映飞真的如我们所看的那样吗？"九秋问。

凉夏细细思忖，未必。

简映飞的桃花运是很好，他也对每个女生都好。但是，凉夏和简映飞

凉夏与九秋

一起合作过《倾城之恋》，看得出简映飞是一个可靠、努力，愿意因为不懂而去学习的人。

这么看起来，九秋喜欢简映飞，也是能够理解的。

只是，九秋怎么这么了解简映飞？

其实，九秋并不了解简映飞，她只是知道简映飞的秘密而已。

那个秘密是她半年前听来的，在一家光盘店，仅仅隔着一个木架子偷听来的。

简映飞就是暗恋凉夏的"飞翔的天使"，因为种种顾虑，简映飞一直不敢对凉夏说这件事。

如此看来，简映飞喜欢凉夏，九秋正好可以放心用他作托词，在凉夏面前洗清自己的"嫌疑"。

对于九秋说的"喜欢简映飞"，凉夏信了，深信不疑。

所以，面对简映飞时，凉夏更为主动和热情，因为，简映飞是她最好的朋友喜欢的人，以后说不定会是一家人。

可是，面对凉夏的主动和热情，简映飞误会了。

简映飞时常想，难道凉夏对我也有意思？可是凉夏不是和那个叫唐澄的走得很近吗？

这让简映飞又喜又忧，捉摸不透凉夏的心思。

这件事，唐澄也知道了。

在老师的办公室里，九秋因为作业错得太多被老师教训，唐澄正好来办公室拿批阅好的试卷。

看到九秋低着头接受老师的教育，唐澄缓慢地拿好试卷，离开办公室后一直站在过道里等九秋。

大约十分钟后，九秋出来了。看见唐澄时，脸上还带着刚才被教训时的不爽。

"你是不是上课又走神了？"唐澄逮着她问。

九秋垂着头，不回应。

"九秋，这一年对我们来说很重要的。"唐澄提醒九秋。

九秋摆摆手，微微有些不耐烦："行了，你怎么跟里面那老头一样？啰唆。"

唐澄忽然从试卷底下伸出手，将九秋拽住，问道："你心里到底在想什么？"

"我心里在想什么，需要跟你汇报吗？"本来挨了训，九秋心里就很不舒服，面对唐澄的逼问，她更是心烦。

唐澄皱紧眉头："你在想简映飞吗？"

"唐澄！"九秋想要挣开唐澄的手，但力气没有他大。九秋动怒了："在你眼里，我的生活只有情情爱爱吗？我成绩不好，关你什么事？"

她刻意压低了声音，但被拽着的手却紧紧握成了拳。

"九秋……我是……"

"你是为我好，你凭什么为我好？你又不是我的什么人？"九秋凑近唐澄，一字一句道，"还有，我告诉你，我就是在想简映飞，所以才没有听课，作业才会错那么多，我这个人就这样了，考不上大学的，你不要操心我了！"说完，九秋一挥手，无意间打落了唐澄手里的试卷。

一瞬间，数十张试卷纷纷散落在地，九秋踩着满地的试卷，愤愤地回

凉夏与九秋

了教室。

唐澄怔了好一会儿，才慢慢蹲下身去，一张一张捡起滑落的试卷。

那一刻，唐澄心里只觉得一阵绞痛，长这么大以来，他第一次感受到异于皮肉被割伤的痛。那个时候唐澄才知道，皮肉割伤和心被割伤的痛，差别如此大……

唐澄和九秋冷战了，骗过所有人的冷战。

每次，凉夏约唐澄和九秋的时候，九秋总说："不要了，我才不当电灯泡，我要去追寻自己的幸福！"

唐澄又说："没关系，凉夏，我们去吧。"

凉夏信以为真，并没有对他们产生什么怀疑。她只是觉得，自己一直和唐澄在一起，老让九秋夹在中间也不好，况且能和唐澄单独相处，她求之不得。

假戏需要真做，九秋一个人委实太无聊了，干脆真的去找简映飞。

久而久之，简映飞开始对她充满戒备："你怎么老是来找我？鹿九秋，你不会是喜欢我吧？我告诉你，我有喜欢的人了。"

九秋给了他一个白眼，说："我知道你喜欢的是林凉夏。"

被戳中心事，简映飞倒没有回避和狡辩，反而直白地问："你是怎么知道的？"

"半年前在一家光盘店里，你那个时候在选孙燕姿的唱片，我听见的。"九秋毫不避讳地说。

"你不要告诉林凉夏。"这是简映飞唯一的要求。

九秋鄙夷地看了他一眼，说："瞧你那熊样！我为什么要告诉凉夏？

她喜欢的又不是你！"

简映飞解释："我知道凉夏的心意，为了能一直和她做好朋友，才没有说这件事的。"

九秋听着，沉默着没有答话。

日子过得有些波澜不惊，大抵是大家都沉浸在"高考备战"中，没精力折腾其他事。

九秋如常学习，至于最后能考到哪儿，只能听天由命。

倒是唐澄和凉夏，像是冲锋陷阵一样，做足了前期准备。他们俩可真像，可是为什么那么像的两个人，却没有两情相悦？

短短的青春岁月，却像一场漫长的斗争。

高考到来的那天，每个人都是擦枪拭炮的战士。

在考场里，九秋遇到了自己的老同桌江瀚。

她已经很久没有和江瀚说过话了。刚进考场的时候，江瀚却开口问九秋："鹿九秋，你有信心吗？"

九秋无所谓地笑笑："顺其自然，听天由命，会做的题就做，不会的就思考，要是思考了也不会，那就碰运气吧。"

九秋就是这样的性格，江瀚知道，因此，他也没多说什么，只是道了一句："加油。"

唐澄和凉夏分在了同一个考场，碰面时只一个眼神，就读懂了对方眼中的鼓励与自信。

高考进行了两天，两天后，一部分人为得到自由而欢呼雀跃起来，一

凉夏与九秋

部分人为未卜的人生而默默流了泪。

他们那时会因为离别落泪，但是多年后内心涌出来的回忆，才让他们体验真正的感伤。

那是对逝去的美好的祭奠，是此生再也回不去的快乐。

高中毕业了，九秋履行自己的诺言，在外面租了房子，想给自己和凉夏办十八岁成人礼。

她和凉夏同心协力地忙碌了三天，终于将成人礼的每个细节都规划好了，然后便开始邀请朋友，唐澄、关林修、简映飞、江瀚，还有其他一些玩得比较好的同学。

那间小小的日租房布置得像迪厅，小小的空间里，吃的喝的玩的应有尽有。一大群朋友聚在这里，大家都玩得很开心。

按理来说，九秋也应当于其中纵乐，但是……凉夏曾跟九秋说，她要在成人礼这天向唐澄表白。

九秋以为凉夏只是说说而已，但是谁也没想到，凉夏是认真的。

那天的天气很好，阳光并不毒辣，只是透过云缝洒落了一点灿烂。

房间外有一个阳台，阳台上是绿叶笼罩的葡萄架，唐澄坐在葡萄架下，看远处被风吹动的树梢。

凉夏喝了半杯红酒，抹了抹嘴，走出去在唐澄旁边坐下。

两个人肩并着肩，享受着阳台上轻柔的风。

"你不在里面待着吗？"唐澄问。

"太吵了。"凉夏微微笑着，脸上浮动着桃红。

唐澄笑起来："也是，你向来不喜欢热闹。"

只是短短一句话，却透露出唐澄对凉夏的了解。

凉夏动容，勇气如云海一样剧烈翻涌。她偏过头，看着唐澄，问："唐澄，你了解我吗？"

"不敢说了解，但是咱们相处这么多年，我至少是懂你的吧。"唐澄笑笑，自己也有些弄不清楚。

"你如果懂我，应该知道我的心意吧？"

凉夏笑着。

她说出这句话时，唐澄的笑就消失了……

正是因为懂，所以笑容才消失的。

凉夏两只手握在一起，望着因云层太厚而显得有些低矮的天空，说："唐澄，我好喜欢你呀……从我不太懂事到懂事，一直都好喜欢你……"

唐澄的耳边似乎有很嘈杂的声音，凉夏深情的告白在他耳边不断地徘徊，但他听不进去一个字……

终于到了这一天，要向凉夏坦白的这一天。

"先不管你的回答是什么，我今天一定要把自己的心事说出来，唐澄，我……"

"抱歉。"唐澄忽然打断凉夏的话，声音很轻，但对凉夏而言犹如晴天霹雳。

唐澄没有给凉夏任何反应的时间，说："我知道你喜欢我，但是很抱歉，我一直拿你当朋友。"

他不敢看凉夏的眼睛，怕看到她哭。

然而，凉夏忽然笑起来，说："这有什么关系，我喜欢你，又没非要

凉夏与九秋

你喜欢我。"

  唐澄愣了片刻，转头看着凉夏，却发现凉夏露出了灿烂明媚的笑，而深深的笑意下，是一双含着泪的眼睛。

  唐澄想，他大概这一辈子都忘不了凉夏那时的模样……

7. 可不可以不要长大

在房间里玩闹的人有十多个，当凉夏哭着从阳台跑进来时，所有人都听到了她的哭声，都看到了她奔跑时踉跄的身影。

后来，简映飞冲到阳台上，把唐澄打了。

九秋维护唐澄，将简映飞教训了一番，唐澄拦住九秋，捂着青了半边的脸，说："没事，让他打吧。"

简映飞狠狠地骂道："呸！打你脏了我的手。"

说完，简映飞就跑出去追凉夏。

九秋质问唐澄："到底怎么回事？"

唐澄轻轻地擦了擦鼻子里流淌下来的血，淡淡地说道："我说了，什么都说了。"

九秋愣了半晌："什么……"

是的，他什么都说了，该说的，不该说的，都说了。

几分钟前，唐澄看到凉夏那样的笑脸，心里隐隐作痛。一直以来，他不喜欢凉夏不是他的错，可是一直瞒着她、利用她，是万万不应该的。

凉夏与九秋

于是唐澄别开头，叹了一口气，小声地说道："凉夏，我喜欢的人……不是你……"

凉夏脸上仍旧盈盈地笑着，泪水却不受控制地滴落，她问："那……那是谁？"

还有，为什么明明不喜欢我，这么久以来却愿意同我形影不离，愿意对我好，甚至偶尔说一两句暧昧的情话，为什么？

"凉夏……"唐澄于心不忍，紧紧攥着拳头，眼眶红透，"一直以来，我喜欢的都是九秋啊……和你在一起，只是因为想借你靠近九秋……从第一次见面，就活在我心里的那个人……一直都是九秋……对不起，凉夏……对不起……"

数重打击同时无情地朝凉夏袭来。凉夏浑身冰凉，像被抽光了力气。她恍恍惚惚地转头，问："你说什么……"

"对不起。"唐澄说。

凉夏脸上的肌肉在抽搐，她眼里有惊愕，有悲愤，她反复地问："你在说什么？"

"对不起，凉夏！可是……"唐澄猛地抬起头，愧疚的泪水滑过脸庞，"可我说的是事实……"

"事实？"凉夏忽然笑起来，她起身指着唐澄，身子有些不稳，涕泪纵横，"事实就是……事实就是……就是十年以来……你都在骗我，都在利用我！你对我所有的好和温柔都是为了利用我接近九秋！你从来没有喜欢过我，是不是……"

"凉夏，你冷静点儿。"唐澄想去拉凉夏的手，但被凉夏愤愤甩开。凉夏胡乱抹了抹泪，逼迫自己冷静下来："九秋知道吗？"

唐澄低着头，缓缓地，声音沙哑地说："凉夏……九秋知道……九秋为了你，也承受了很多……"

哈哈哈！九秋为了她，承受了很多？

果然，在唐澄心里，自己算不了什么，九秋才是全部！

凉夏后退了两步，自嘲地说："是啊……你喜欢的是她，她喜欢的是你，一直以来都是我的存在才让你们两个没办法在一起，我是罪人！我是最有罪的那个人！唐澄！我恨死你了！"

这里，她再也待不下去了，凉夏在这场不算战役的战役里，丢盔弃甲，一败涂地……她还有什么颜面站在这里？

凉夏不顾一切地离开了这个地方。她冲出去后，在空旷的道路上飞速奔跑着。这间屋子位于郊外，离市区有一段距离。

"凉夏！林凉夏！"简映飞追上来，抱住精神恍惚的凉夏，着急地问，"凉夏，你怎么了？"

凉夏呜呜咽咽地哭着，身体瘫软下去。简映飞赶紧抱住凉夏，看着她哭着埋进自己怀里，双手揪着自己的衬衫，没过多久，他胸前的衬衫就带上了一片滚烫的湿热。

"凉夏……你快别哭了……"凉夏哭得快喘不过气，简映飞很心疼。

"我要回家……回家……"凉夏抽噎着说。

简映飞忙说："好，我送你回家，你别难过，我陪着你。"

凉夏与九秋

凉夏仍旧在哭，眼泪哗哗地往下流。

简映飞把凉夏背起来，小步地跑着，边往市区的方向走边说："凉夏，凉夏，别哭，我陪着你呢，别哭。"

两个人刚离开，九秋就从那座房子里跑了出来。

空旷的野外，九秋忍着泪，四下寻找凉夏的身影，但是凉夏不在。

九秋咬着自己的下唇，拼命克制着情绪。但最终，她没能忍住，崩溃地哭起来，声音嘶哑地喊着："凉夏——凉夏啊——"

凉夏已不在此处，九秋用袖子擦着脸上的泪水，无助地喊："凉夏——对不起……你在哪里……凉夏——"

九秋哭得很大声，她缓缓地蹲下，抱着自己的膝盖，将头埋在上面哭。在她经历的人生中，自己从来没有哭得这么痛苦过。

她恨唐澄，更恨自己。为什么她偏要瞒着凉夏，不主动说明白一切？都十年了，要是唐澄会喜欢上凉夏，早就喜欢了……

都怪她，她错得太离谱了。

来的朋友，都走了、散了，只有关林修还在阳台陪着唐澄。唐澄站在阳台，看着蹲在地上哭泣的九秋，脸上没有任何表情。

江瀚是最后一个离开的，他走得很缓慢，视线一直落在九秋身上。

然而，他的视线是冷漠的，像足了一个旁观者。

走到九秋身边，江瀚仍旧用冷冷的声音说："做错了就应该弥补，不是吗？哭有什么用？"

九秋缓缓抬起头，仍旧在哭泣，她仰头看着江瀚，江瀚俯视着她，表情比冰川还要冷。

九秋这辈子都很少见到像江瀚这样的人，面对别人巨大的悲伤，却能摆出一副冷漠说教的脸。

江瀚只留了这么一句话，就大步离开了。

空旷的道路上吹来了更剧烈的风，明明是夏日，九秋却感受到了刺骨的寒冷……

简映飞陪伴凉夏坐车回了云城的家。

凉夏一回到家，就把自己锁在了屋里。

凉夏妈妈和九秋妈妈你看我，我看你，不知道发生了什么事。九秋妈妈跑去敲门，问："凉夏，怎么了？发生什么事了？"

凉夏蜷缩着坐在地上，咬着自己的拳头，泣不成声。

两个妈妈拿不定主意，只能干着急。

没过多久，红着眼眶的九秋跑了进来，看到客厅里两位无助的妈妈，她焦急地问："凉夏呢？阿姨，凉夏回来了吗？"

凉夏妈妈走到女儿门边，敲了敲门，喊："凉夏，九秋来看你了。"

话音刚落，里面就传来凉夏的尖叫声："我不想见到她！让她滚——"凉夏的声音吓得九秋一哆嗦，眼泪唰唰地往下流。

凉夏妈妈生气了，拍了拍门，道："你这孩子做什么呢！那么凶！谁欠你了？"

"你们都滚！不要烦我了！"凉夏的精神接近崩溃。

凉夏与九秋

九秋连忙过去拉着凉夏妈妈的手，小声哭着："阿姨……阿姨不要怪凉夏，是我不好，是我的错……"

凉夏妈妈看了一眼九秋妈妈，两个人眼里满是疑惑。

九秋走到门边，手掌轻轻贴着卧室门，轻声说："凉夏……对不起……我这就走，但是我真的没有想过要伤害你……我从来没有……"

因为答应过凉夏，不会喜欢上她喜欢的男生，所以九秋才一直克制自己的感情。但是她没有想过，把一个不喜欢凉夏的人强硬地推给凉夏，那才是真正地伤害凉夏……

凉夏再也没有答话，九秋的手从卧室门上滑落下来，她无力地转身，蹒跚着往屋外走。

"唉……"这是凉夏和九秋十八年来，第一次吵架，凉夏妈妈抚了抚额，有些头疼。

九秋妈妈劝慰，说："让孩子自己解决吧。"

解铃还须系铃人，她们不要插手最好。

九秋和妈妈回到家中后，九秋就一直呆呆地坐在那里，嘤嘤地哭着。

九秋妈妈纳闷，她这个好强又勇敢的女儿，什么时候这么哭过啊？

九秋妈妈坐下来安慰九秋，与她谈心。

九秋在抽噎声中把故事的来龙去脉告诉了妈妈。妈妈抱着她，语重心长地说："傻孩子，你没有做错，你只是一心为凉夏好，忘记考虑后果而已。凉夏生你的气是正常的，你不要太难过了。等凉夏情绪平复后，我们去找她说清楚，好吗？"

"可是……凉夏还会理我吗？"九秋靠在妈妈的怀里，担心地问。

"会的……那个孩子，会理你的。"

九秋闭着双眼，好累啊，长大真的好累……

但是，那个暑假，九秋再没见过凉夏。

每次九秋去找凉夏，都只有凉夏妈妈在。凉夏妈妈说，凉夏在外面找了一份暑假工，每天都很晚回家。

看到九秋失落的眼神，凉夏妈妈心疼地说："九秋，过一段时间凉夏就会好的，别太往心里去了。"

"可是阿姨，你什么时候见过凉夏这样固执决绝的样子呀？"

凉夏从小性格就特别好，以往和九秋在一起时，不是没闹过性子。但是每次凉夏都会主动对九秋撒娇求原谅，然后两个人能立马和好，可是这一次……

这一次冷战时间太久了……

久到让九秋恍惚觉得，她会就此失去凉夏。

等到了八月末，九秋还是没能见到凉夏，但是她见到了另一个人——唐澄。

唐澄来九秋的小区楼下找她，求了她很久，九秋才答应见面。

一见面，九秋就没有给唐澄好脸色。

"你来这里干什么？"

"见你。"唐澄看起来精神不太好。

凉夏与九秋

"我没什么好看的，你回去吧。"九秋说完，转身要走，被唐澄拉住了手腕。

九秋缓缓扭头，用几近恳求的语气说："唐澄，我求你了，别来找我了……你害我害得还不够吗？"

呵，害她吗？

唐澄的嘴角忽然冷冷地挑起，他松开手，问："鹿九秋，我没有害你，一切都是你咎由自取。"

九秋睁大眼睛，怒不可遏："唐澄！就是因为你，我和凉夏才会变成这个样子的！"

"只是因为我，全是因为我吗？"唐澄语气平静，可话里的每一个字都像尖锐的刀子狠狠地扎在九秋的心里，"难道你没有一点责任？我不喜欢凉夏，你早就知道了，可你还是处处给我们制造机会。你知不知道你这种做法很蠢，不仅伤我的心，更伤凉夏的心。鹿九秋，你正确的做法不是应该跟凉夏坦白，告诉她她喜欢的那个男生不喜欢她，喜欢的是她的好姐妹吗？可是鹿九秋，你不敢，你太没种了！"

"啪——"响亮的一巴掌落在唐澄的脸上，九秋拔高声音道，"你给我闭嘴！"

唐澄的脸上清晰地印着五个手指印，但他没有皱一下眉。

许久，唐澄才缓缓道："鹿九秋，我知道事已至此，我们之间不会再有可能。没关系，我这次来，本身就是要跟你告别的。你啊，真是太胆小了……你这一辈子，都不敢承认，其实凉夏喜欢了我多久，你就喜欢了我多久吧……"

九秋的神色有些痛苦，但她很快隐藏起来，说："抱歉，从现在开始，我已经不喜欢了。"

"呵呵……"唐澄无力地笑着，说，"那又有什么关系呢，我也从来没得到过……"

千疮百孔的心再度被划开一条醒目的口子，鲜血不停地涌出来。九秋紧紧抿着唇，抬头望着天空，不让眼泪落下。

唐澄长舒一口气，说："再见吧，鹿九秋。但愿我们还能再见。"说完，他就转身准备离开。

然而，就在转身的刹那，他看到了站在不远处的凉夏……

九秋也看见了。

身材瘦高的凉夏浑身裹着清冷颜色的衣服，眼眸中的神色像是冰川般寒冷。刚才的话，她都听见了。但是凉夏没有多看他们一眼，径直与他们擦身而过。

九秋和唐澄感受到了从她身体里散发出来的陌生与疏离感。

九秋从始至终都没敢喊凉夏一声，就那样看着她走进小区，身影消失在转角处。

他们三个，也许永远都回不去了。

可是，又有什么好回去的？

那些美好的回忆，全是假的。

凉夏与九秋

九月初，云城的火车站。

凉夏拖着一个浅蓝色的行李箱，正在人流里行走，在她的身边，跟着特意过来送她的简映飞。

凉夏要去江市，离云城有十个小时的车程。

"凉夏。"进站口，简映飞还在不舍地叮嘱，"你一个人在那边，一定要好好地照顾自己。"

凉夏微笑着说："我已经是大人了，会照顾好自己的。"

简映飞还是不放心，说："我……我去学校报到后，就去找你。"

"简映飞。"凉夏微微垂着头，说，"你……放弃吧……"

简映飞闻言神情恍惚："我也没敢奢求什么，凉夏，我不说让你为难的话，不做让你为难的事情，但是也请你不要把我推开，至少，我们还是朋友啊。"

"我知道，在我心里，你已经是我的朋友了。"凉夏对简映飞微笑着，笑容真诚而又纯粹。

凉夏不会忘记那天，简映飞将她带回家，一路上不停地安慰着她："凉夏啊，不哭了，我们马上就到家了。"

她也不会忘记，她打暑假工的那段日子，每天双手浸泡在水里，洗着盘子。简映飞特意留在云城姑姑家，给她买来橡胶手套，在她每晚十一点多下班时护送她回家。

凉夏知道了简映飞就是"飞翔的天使"，也知道了简映飞的心意。

对于简映飞没有逼迫她非要给他一个答案，她很感动。

凉夏伸出手，抓着简映飞的胳膊说：“希望你在学校能遇到一个喜欢你的女生。对了，要好好学习啊。”

“嗯！我会的！”简映飞点头，道，“有什么需要及时给我打电话，你不要想太多，我对你所有的帮助，都是出于朋友的道义。”

怕凉夏心里别扭，简映飞反复强调“朋友”两个字。

凉夏笑起来，说：“知道了，我才不会多想呢。”说完，她收起了笑容，对简映飞道，“再见。”

“再见。”简映飞说。

这一次离别，也不知道什么时候能再见。

凉夏在江市，距云城十个小时的车程。

简映飞还是在南市本地，去了他爸爸投资的某所大学。

九秋去了海城，距云城五个小时车程，距江市十二个小时车程。

唐澄，没人知道他去了哪儿，九秋与凉夏也不关心他会去哪儿。

云城走了一批人，又来了一批人。但是大街小巷里，再也没有九秋拉着凉夏，到处串门和嬉闹的身影了。

云城看起来没有什么变化，但是冥冥之中，似乎又发生了一些细微的变化。

大概是欢声笑语少了，云不再白了……

也大概是，留有故事的人，都已经长大了，远走了……

第二幕 二十岁

凉夏与九秋

1. 初次分别，是伤害还是成长

人们总以为处在新的环境，面对新的人群，就能忘记那些让人不开心的事情。

来到江市的凉夏，表面上看起来的确已经忘记了那些不开心的事情，然而，到底忘没忘记，连她自己也不知道。

凉夏已经将唐澄的QQ拉入黑名单了，她原本想将九秋的QQ也拉入黑名单，但最后没有狠下心。

来到江市的这段时间，九秋给凉夏发过许多消息，凉夏都视而不见，她似乎还没有办法说服自己去原谅九秋，因为她一想到九秋明知那些会伤害她的秘密却不告诉她，让她觉得心痛。

有时候，凉夏会自暴自弃地想，这段友情就这么结束吧，没什么可留恋的。但是，即使她和九秋之间不再联系了，家里的人还是会打电话来问，自己妈妈，还有九秋的妈妈……

问的次数多了，凉夏就对九秋妈妈说："阿姨，没事了，我们现在都挺好的。"

然后，她再给九秋打电话。

凉夏的电话打过来的时候，九秋正在洗手间洗头。

室友听到电话声，朝洗手间大声喊："鹿九秋，有电话。"

"谁打来的？"

"凉夏。"

"哐——"洗脸盆滚落在地，室友看见九秋光着脚丫从洗手间跑出来，头发上还沾着洁白的泡沫。

九秋赶紧在衣服上擦擦手，接过电话，努力压抑声音里的颤抖："喂？凉……凉夏。"

电话那边的声音像是亘古不化的冰川："为了不让我妈和阿姨担心，你就说咱们之间没什么问题，只是学习忙联系得少。回家后就尽量少碰面吧，非要碰面，该怎么做你也知道。"

"凉夏……你还是不肯原谅我吗？"

"原谅什么啊，你做错了吗？没有，只是你喜欢唐澄，唐澄也喜欢你，我只是被你们骗了十年而已。九秋，十年太长了……"凉夏的声音轻柔无力，似乎不愿再提及此事。

九秋还想说话，但凉夏已经将电话挂断了。

九秋放下手机，立即抓着湿漉漉又黏糊糊的头发钻进洗手间，这样就算流泪了也不会有人看见。

凉夏坐在图书馆外的石凳上，身侧是一株散发着浓郁香味的桂花树，风一吹，带来一阵十分好闻的桂花香，仔细一看，还有细碎的桂花纷纷扬扬落下。

凉夏伸出手背擦了擦泪。"忘记吧……"她在心里说。

凉夏与九秋

忘记从前，重新开始。

凉夏的专业是汉语言文学，她从头到尾学习和接触的都是"文字""文学"。她自小就是一个才女，所以学这个专业对她而言，很轻松，同时也更快地丰富她的知识储备。

像凉夏这样有才又漂亮，平日沉默寡言的冷美人，在这个宛如一个小型社会的校园里，即使什么都不做，都能成为别人口中的谈资。

男生说她漂亮，几乎个个都想找她搭讪。

女生说她奇怪，经常独自一人，不好相处。

总而言之，凉夏拒绝参加学校的一切活动，一心扑在学习和奖学金上，渴望用这两样东西来麻痹自己的内心。

直到大一的第三个月。

十一月中旬了，那天很冷，可是空气里只有飘浮着的尘埃，没有一点湿润的感觉，呼吸都变得有些困难。

凉夏刚吃完饭从食堂回来，打算上床窝着看书，就在这时，室友进来喊："那个……林凉夏啊，楼下有人找你。"

凉夏感到有些奇怪，找她？她并不觉得在这所学校里会有什么人来找自己。

但凉夏没有多问，先走到阳台上看了一眼。

然而，那一眼让凉夏有些吃惊，她看到简映飞穿得像只熊一样，站在楼下朝她招手。

凉夏无奈地笑笑，进宿舍围了一条围巾。刚准备出门时，她又转身对刚才的室友说："谢谢。"

"啊……"室友愣了一下，说，"不用谢。"

凉夏裹紧围巾，小跑下楼，还没走近简映飞，就问："简映飞，你怎么来了？这个时候你不该在上课吗？"

"呼——江市好冷啊。"简映飞对着手心哈了一口气，说，"我跟着学长学姐来江市搞社会实践，所以顺道来看看你。凉夏，我只有三个小时的时间，然后就要坐火车回去了。"

凉夏脱下自己的手套递给简映飞："戴上，我们出去找个地方坐着，有暖气。"

"噢。"简映飞戴上手套，将身体蜷缩成一团，摇摇摆摆地跟在凉夏身后。

凉夏带简映飞去了一家咖啡店，终于暖和起来，简映飞这才将帽子、手套悉数摘下，顺便将羽绒服也脱了。简映飞笑嘻嘻地看着凉夏，脸蛋还透着红红的颜色。

"傻笑什么？"凉夏搞不懂简映飞在笑什么，给他点了一杯热咖啡。

"能看到你真好啊，我都不知道你在这边过得好不好，给你发QQ信息，你也回得少。"简映飞爽朗地说，凉夏听出他话里的一丝埋怨。

凉夏解释说："我是奔着奖学金去的，有时候看见你的消息都是大半夜了，怕打扰你就没有回，本来打算第二天回你，但总是忘记。"

"行，你是个大忙人。"简映飞喝了一口咖啡，又问，"对了，你和鹿九秋……"

听到九秋的名字，凉夏脸上的笑容渐渐消失，好半天，她才重新笑起

凉夏与九秋

来，说："别说那些事情了。"

都三个月了，情况还没有好转。简映飞早就猜到这个结果了。

"那行吧，咱们不说那些了，那……那你在这里交到朋友了吗？"简映飞说着，胳膊肘撑在咖啡桌上，身体往前一倾，八卦地问，"有没有男生追你啊？"

凉夏摸着后脑勺，笑笑："没有。"

"这江市的人也太没眼光了吧！"简映飞很较真地说。

凉夏"扑哧"笑出声："可不是吗？都挺傻的，哪有你聪明。"

被凉夏看出心里的小九九，简映飞反而害羞起来。他拘谨地说："哪有啦。"

"别说我了，你呢？过得怎么样？"凉夏问。

凉夏独自一人在江市待了三个月，其实经常会感觉到孤独。简映飞好不容易来一次江市，她想多和他说说话。

"我都挺好，反正就在南市，离家近。凉夏，你不用担心我，你和九秋独自在外地，又是女孩子，你应该担心你自己。"简映飞有意无意提起九秋，用意已经很明显了。

"她也在外地吗？"凉夏问。

"在海城。"

海城啊，那还真够远的。她们或许就这样了，不会再和好了吧。

"那……其他人呢？"凉夏低着头，小声问。

简映飞当然知道她问的其他人是谁，只是故意装傻充愣地反问："其他人？什么人？哦，对了，我只知道江瀚，江瀚好像也在海城。"

凉夏勉强笑了一下，似乎对这件事并不感兴趣。

简映飞抿着唇，抬起眼皮偷偷地看着发呆的凉夏，知道自己不该多嘴，不该提一些不能提起的人。

简映飞看看手腕上的手表，有些不舍地说："凉夏，我……我没时间了，要走了。"

凉夏边穿外套边说："我送你。"

"不，不用了。"简映飞连忙站起来，一边往身上套御寒的衣物，一边说，"火车站太远了。"

凉夏看着简映飞迅速地穿好衣服，连句再见都没说，就急匆匆地跑出了咖啡厅。

"唉。"凉夏心里有些惆怅。

简映飞跑出去没多久，凉夏的手机忽然收到一条短信。

是简映飞发的。

上面写着："凉夏，对不起。可我希望你能快乐。"

这个傻瓜……凉夏眼眶一热，将手机紧紧握在手心。

会的，她一定会快乐的。

江市阴雨天气已经持续了很多天，但总有一天，会迎来阳光的。

简映飞说江瀚和九秋都在海城，那并不是一个巧合，而是有预谋的。

九秋第一次发现江瀚的存在，是在开学后军训的第四天，那天海城很热，九秋能感觉到自己的内衣已经全部湿透了。

学校的操场上，一个班级一个班级地在练习正步，就在列阵里，九秋

凉夏与九秋

看到了另外一个班级的领队江瀚。他就像真正的军人一样在前方昂首挺立，每一个动作都做得十分标准。

九秋在那一刻恍惚了一下。

等到大家休息的时候，九秋跑到江瀚所在的班级，对着坐在地上系鞋带的江瀚惊奇地喊道："江瀚！你怎么在这里？"

江瀚只是平静地抬了一下头，淡淡地应了声："巧啊。"

然后，他又低下头整理鞋带。

他那般自然，仿佛他们还是念高中天天低头不见抬头见的时候。

九秋蹲下身，欣喜地说："不是巧，简直是太巧了！你什么时候报考这所学校的？咦……奇怪，你为什么会报考这所学校呢？咱俩高考的分数起码差了两百分，竟然还能在同一所学校遇见？"

"喜欢就报考了，哪有那么多为什么？"江瀚的语气似乎有点不耐烦。然而，九秋才不会管，能在大学遇到自己的高中同学，这对她来说，无疑是件幸事。

"江瀚，晚上我请你吃饭吧！"听到教官吹响哨子，九秋激动地邀约，不等江瀚回答，她又立马说，"约好了啊！电话联系！"

说完，她就像只快乐的小鸟跑开。

在她的背后，江瀚如冰雪般的脸庞终于露出了一丝温和的神色。

"哎，江瀚，那个漂亮的小妞是谁啊？"班上有好奇的男生问。

江瀚的表情立即恢复成冷冰冰的，回头道："少打她的主意。"

"哟。"男生一看，有情况，立即吹了一声口哨，不怀好意地笑着。

江瀚没有理他，回到队伍里。

军训结束后，江瀚果然接到了九秋的电话。九秋将吃饭的地点和时间都定好了，只等江瀚"驾临"。

江瀚没有半推半就，爽快地答应了。

而江瀚的回复却依然只是冰冷的几个字："行吧，一会儿到。"

但这对九秋来说，已经算是很爽快的应约了。

江瀚慢腾腾地来到约定的地方，看到九秋已经等在那里了。即使江瀚的动作很慢，但还是卡在约定的时间到达，没想到九秋比他更早。

"快来坐！"像是对待贵宾一般，九秋热情地帮江瀚拉开椅子，然后将菜单推到江瀚面前，"你点菜，我请客。"

江瀚默默地看着菜单上的菜目。九秋撑着下巴看着江瀚，如获至宝一般说："江瀚，你在这里真是太好了！我一定要把你当成宝供起来。"

"这么稀罕我？"江瀚一边用铅笔选择菜目，一边问。

"当然！"九秋轻轻拍着桌子，"在这陌生的城市能遇到你，我就像找到了归宿一样。"

江瀚抬起眼皮，疑惑地问："你喜欢我？"

"不是你理解的那个归宿！"九秋皱起眉头，嘟囔起来。

江瀚没有在意，只是将菜单推给九秋，九秋看也没看就递给了服务员。九秋不知道，其实那次请江瀚吃饭，才是欠江瀚的第一步。

九秋遇到江瀚，就变成了话痨，然而江瀚只是静静地听着，偶尔回应一两句。

饭吃到一半，江瀚打断九秋的话："我去下洗手间。"

"哦……"被打断的九秋一怔，慢半拍地应着。

凉夏与九秋

江瀚去了洗手间后，九秋才发现江瀚已经吃了一大半的菜，而自己什么都没动过。刚才自己的情绪真的太激动了，话也说得太多，也没问过江瀚会不会厌烦自己这样。

以前她有什么话都讲给凉夏听，现在，凉夏不在自己的身边。

想到这里，九秋又有一点感伤。

"我吃得差不多了。"江瀚不知道什么时候回来的，他没落座，就说，"我还有事要回宿舍，你慢慢吃，别忘了结账。"

"这就走了？"九秋问。

"嗯。"江瀚扯出一张纸巾擦了擦嘴，"下次回请你。"说完，他就走了。

江瀚走了，九秋也没心情再吃饭。

或许她真的是寂寞了，想要找一个人好好聊天。只是她都没来得及问江瀚是否愿意听自己讲这些无关紧要的话。

"唉。"九秋颓丧地抓抓头发，无力地喊，"服务员，结账。"

"你好，这桌饭钱，刚刚你的朋友已经付过了。"服务员说。

九秋愣了一下："什么？"

江瀚付过了？

不是说好自己请客的吗？

江瀚是看不起她，觉得她付不起这顿饭钱吗？想到这里，粗神经的九秋给江瀚打电话，质问他这件事情。

谁知江瀚并未否认，说："对，我怕你付不起，到时可怎么办？"

"江瀚！你太小看我了，不想理你了。"说完，九秋愤愤地挂断电话，走出了餐厅。

海城夜空的星星闪亮闪亮的，像是无数只眼睛。

九秋抬头看着星空，心里一阵惆怅，什么时候生活才会变得更好？

她还要等多久，才能等到真正开怀大笑的时候？

好想从前，好想凉夏，好想……

想一个不应想起的人。

每个人都有自己的生活，只有当生活被填充满了，才不会去想那些让人头疼的事情。

十二月，凉夏投出去的第三本稿子有了回应。

是一本还不错的青春杂志，杂志编辑说凉夏的短篇小说过了终审。

凉夏心里的那片湖水终于泛起了丝丝涟漪，这是发生那件事后，她第一次由衷地开心。

一月，凉夏拿到了杂志社寄来的样刊和稿费，稿费有几百块，已经算很高了。

也就是在这个月，凉夏大一的第一学期结束，她要回家了。

同一时间，不同的火车站，凉夏与九秋拖着同款行李箱，往火车站走去。路过火车站的报刊亭，九秋想买一瓶水，却在一堆杂志的最上面看到了一个名字——凉夏。

凉夏的《时光之伤最难愈合》。

九秋的心脏怦怦地剧烈跳动，她连忙掏出钱，对老板说："一瓶水，一本这个。"老板找了钱后，九秋就拖着行李箱追赶上了江瀚的脚步。

凉夏与九秋

"江瀚，江瀚！"追上江瀚，九秋挥了挥手里的杂志，"你看，凉夏！是凉夏，凉夏的文章上了杂志。"

江瀚站住，看了一眼杂志封面，内心没有多大的波澜，只淡淡地"哦"了一声。但九秋不一样，九秋的心脏一直在剧烈跳动，她为凉夏感到开心。凉夏能在杂志上刊登作品，真棒！

最重要的是，她想知道凉夏写了什么。

上了火车，九秋就迫不及待地拆开了杂志的外包装。翻到凉夏作品的那一页，九秋认真地看了起来。那是个让九秋再熟悉不过的故事了，虽然做了很多修改，但是九秋很容易就在里面找到他们几个的影子。

里面的每一个铅字都像是一块烧红的铁片，残忍地烙在九秋的心里。

文章的最后一句是："时光烙的疤，就让时光去愈合吧。"

九秋合上杂志，低着头，眼泪啪嗒啪嗒地落在纸张上，留下一个个湿乎乎的印记。

江瀚从九秋的手里抽出杂志，递了一张纸巾给九秋。九秋抹了一把泪，将纸巾放在鼻前，狠狠地擤了一把鼻涕。

江瀚嫌弃地说："行了啊，丢脸不丢脸。"

九秋没有反驳，只是抬起头来，望着车窗外的风景，红红的眼眶泛起阵阵酸痛。

她知道，这次回家，任凭她再怎么努力，凉夏也不可能原谅她。

她到底要怎么做？

谁来告诉她……

2. 我有人陪我悲，你孤独你自由

凉夏回到家后，什么也不想做。她拿回了一笔稿费和顶尖的成绩，爸爸妈妈也不需要她做什么，只需要躺在房间养胖就好了。

此时正是寒假。以往寒假和过年的时候，凉夏与九秋两家都是一起过的，今年应该也不例外，所以，该来的还是会来，该演的戏还是得演。凉夏躲不过和九秋见面的命运。

"凉夏啊，你去找你九秋妈妈，让他们今年还过来过年。"凉夏妈妈隔着一扇门喊凉夏。

凉夏从卧室里走出来，去门边换鞋："知道了。"

接着，她便下楼直奔九秋的家，正准备敲门的时候，九秋正好开门准备出去倒垃圾。

见到凉夏，九秋正要打招呼，凉夏却抢先说道："正好，跟你妈说，今年还来我们家过年。"

说完，她就转身走了。以前凉夏也经常这样穿着睡衣来家里叫她，如果不是和凉夏冷战了，九秋一定会以为这只是寻常的打招呼。

九秋在门口回头喊："妈，凉夏刚刚过来说今年过年也去她家。"

凉夏与九秋

"哎。"九秋妈妈在里屋回答。

九秋换鞋，出门，倒垃圾。一切看起来再正常不过。

除夕那天，两家人还是和往常一样坐在一起吃饭。

凉夏只吃了几口，就放下筷子说："饱了，我去天台生个火，看看烟花。"说完，她就走了。

九秋赶紧放下筷子，蹑手蹑脚地离开座位，嘿嘿地笑着："你们慢慢吃啊，叔叔阿姨。"说完，她也去了天台。

看着两个小孩一前一后离开，爸爸妈妈们并没看出什么端倪，反而打趣说："这俩孩子，每年都这样。"

是的，以往每年都这样，但今年却未必了。

来到天台，九秋看见凉夏坐在躺椅上，身上盖着毛毯，脚边是炭火旺盛的火炉。

"没办法，怕他们发现，我也只能上来。"九秋坐在天台的边沿，"我知道你不想看到我。"

凉夏沉默着，偏过了头，背对着九秋。

九秋也知趣地不再说话，拿着手机自顾自地玩，鼓捣着QQ里面的东西。两人明明在一起，心却隔着比地球到外太空还要远的距离。

天台网络不好，九秋按着手机的按键，终于耐不住性子，骂道："什么破东西！"

她回头看着凉夏，心里的火更旺。

既然自己这么不讨凉夏喜欢，何必要待在这里？九秋心想。

"我回去了！"九秋的声音里含着怒气，风风火火地离开了天台。对

108

于九秋的离开，凉夏毫不动容，宛如一尊石像躺在那里。

心里那片湖水静得可怕，凉夏不想原谅九秋，至少在那一刻是这样的。因为这样糟糕的关系，她们那个寒假也过得很糟糕。

寒假结束，进入大一第二学期，凉夏与九秋又相隔千里。

凉夏的稿子经常会出现在杂志上，而刊登了凉夏稿子的每一本杂志九秋都会买，九秋还会给自己的同学推荐，说："我有一个朋友啊，可厉害了，写的故事经常上杂志呢。"

推荐完后，她含笑的双眼总会湿润起来。

"我那个朋友啊，如果能再看我一眼就好了。"她总是不由自主地在心中祈祷。

遥远西北方向的一间宿舍中，好几本青春杂志摆放在男孩宿舍的书桌上。关林修走进来拍了拍男孩的肩膀，说："唐澄，这些东西，你就不要再看了。"

唐澄脸上没有任何表情，只是静静地看着那堆杂志，像是在遥望着某个人，或者是某段往事。

杂志上凉夏写的每一个故事，他都看了。杂志上说凉夏是新晋虐恋作者，可他不希望凉夏是个虐恋作者，他希望凉夏每天的生活都充满阳光，希望凉夏能和九秋重归于好。

可是如今，凉夏将自己的联系方式全部删除了，九秋也不再理自己。

或许从那日说了再见后，这一辈子就再无相见的可能了。

这样也好，不见就不会痛了，不是吗？

凉夏与九秋

至于自己，也该开始新的生活了。

可是，新的生活又在哪里？

在学校，凉夏总是一副拒人于千里之外的样子。

有人试图去接近凉夏，想跟她做朋友，甚至有男生跟她表白，凉夏都会礼貌地微笑着拒绝。有人说她是不食人间烟火的仙子，也有人说她自恃清高，目中无人。

大二的时候，凉夏因为成绩优秀，辅导员让她代替临时有事没能来上课的老师去给大一的学生上一节课，分享自己的学习经验。

这是锻炼自己的机会，凉夏没有拒绝。

而认识小柯，也就是在这节课上。

凉夏那天刚进教室，没人知道她只是一个大二的学姐，都想着原来教授这个课程的老师如此年轻，仿佛和他们同岁。

有调皮的男生在课上戏弄她，说："老师，你这么年轻，有男朋友吗？学生可以追你吗？"

凉夏熄灭手里的激光笔，说："我不是你们老师，只是你们的大二学姐，我也没有男朋友，你们可以追我。"

凉夏见招拆招，说话时却总是神色冰冷，班上的男生也就自觉地收敛了。只有一个人，忽然开口说："说话算话哦，凉夏学姐。"

他就是小柯，大一刚开学，便申请进了学生会，男生十分机灵，又带着一点痞痞的感觉。他早就在学长学姐那里听说过凉夏这位冰美人，如今一对号入座，似乎猜对了。

"是吗？很期待。"凉夏无动于衷地说，再次打开激光笔，指着幻灯片上课。

凉夏没有将小柯放在心上，小柯却说到做到，开始对凉夏展开疯狂的追求。

大家都说小柯喜欢挑战高难度，竟然追求凉夏，的确如众人所料，凉夏丝毫没有将小柯放在眼里。

小柯追了凉夏两个月，该用的招和不该用的招都用了，但凉夏就是无动于衷。小柯觉得自己很失败。

"凉夏学姐。"无计可施的小柯拦住正要去图书馆的凉夏，问，"我到底怎样做，你才能做我女朋友呢？"

"你还不明白吗？我不喜欢你，你怎么做都无济于事。"凉夏手里抱着书，凉凉地说道。

小柯说："我不信，学姐的心是钢铁做的不成？"

凉夏闻言，沉默了一会儿，双眼幽远且冷漠地注视着小柯，她说："有的人十年都得不到一个人的喜欢，你区区两个月，算得了什么？"

说完，她便冷漠决绝地走了。

小柯愣在原地，十年都得不到一个人的喜欢？

世界上还真有心如木石的人啊。

可是凉夏学姐怎么会这么说呢？

难道这个"十年"跟凉夏学姐有关系？

小柯抿了抿唇，他发誓一定要得到她的心。

看到小柯始终缠着自己，无奈之下，凉夏给简映飞打电话说了这件

凉夏与九秋

事。"只要你能帮我摆脱那个男孩子,我就答应你任何要求,前提是你不能趁火打劫。"凉夏快要被那块"牛皮糖"烦透了。

"你说的啊,说话算话。"简映飞兴奋地说。

"算话。"凉夏肯定地说。

很快,简映飞就坐飞机到了江市。凉夏特意约了小柯见面,小柯看到强敌出没,心中瞬间拉响了警报。

凉夏说简映飞是她的男朋友,小柯不信。

凉夏抓着简映飞的衣领,在他脸上亲了一口。

小柯脸憋得通红,大声喊着:"我不信!他才不是你男朋友!凉夏学姐明明没有男朋友,这是大家都知道的事实。"

"随便你信不信。"凉夏没有给小柯好脸色,拉着简映飞的手走了。

小柯气呼呼地看着他们的背影。过了片刻,他灵机一动,蹑手蹑脚地跟了上去,因为他觉得,凉夏学姐一定在说谎。

小柯跟着他们来到了江市的某个公园。

公园里,凉夏和简映飞坐在亭下,凉夏像是甩掉了什么包袱一样,长长地舒了一口气,侧头靠在亭子的柱头上。

简映飞坐在她对面,问她:"你答应我的话还算数吗?"

"你说吧。"凉夏头也没抬。

简映飞站起来,认真地说道:"凉夏,跟九秋和好吧,你们别再闹矛盾了。"

凉夏的视线缓缓左移,看着简映飞,问:"想当和事佬?"

"我不是想当和事佬!我只是觉得,你们俩关系这么好,不该为了一个无关紧要的人闹成这样！这样值吗？不值对不对？你也不想对不对？不然，你为什么要在每篇故事里都写一个名字带'秋'的人呢？凉夏，你就是嘴硬！"简映飞叹气道。

凉夏靠着柱子，没说话。

简映飞见她沉默，便又说道："你别不说话好不好？你知不知道你这样有时候真的很让人无奈。这件事情明明从头到尾都是唐澄的责任，是他明知道你喜欢他，还要利用你；明明喜欢九秋，还要一直瞒着，同时伤害两个人，这都是他的错啊。"

"你走吧，简映飞，我不想听这个。"凉夏语气冰冷。

"你又这样。"简映飞气恼地说，"你这样，会失去很多朋友的。"

凉夏听不进去半句，语气仍旧淡淡的："你走吧，你的路费我会转账到你银行卡的。"

简映飞瞪大眼睛，突然怒火中烧："林凉夏！我真的不该管你！你这辈子就这样吧！被一个男人欺骗后就自暴自弃！连自己最好的朋友都不管了！你知不知道，九秋想要跟你和好都快想疯了！你知不知道，不只是你失去了唐澄，九秋也失去了！"

凉夏的背影看起来仍旧没有什么反应，但她的脸早已被泪水覆盖。她紧紧咬着下唇，控制着自己的情绪，不让身后的简映飞看出什么端倪。

凉夏的决绝让简映飞有些心凉，简映飞摇了摇头："算了，我跟你说这些有什么用呢？我又不是你的什么人，你也不会听我的。我走了。"

然后，他便连句再见也没说，走出了公园。

简映飞走后，凉夏直起身体坐好。她终于未能忍住泪水的决堤，嘤嘤

凉夏与九秋

地啜泣起来。

啜泣的声音越来越大，而后有些声嘶力竭。在哭声中，小柯听到了一个人的名字。

——九秋。

原来，凉夏学姐不是像看上去那样冷漠，她也会难过，心里也有牵挂和喜欢的人。

忽然间，小柯有些怜惜凉夏。

凉夏是靠沉默来抚慰自己的伤口，而九秋是靠忙碌与笑声。

九秋一直穿梭在各个社团，跟学生与老师的关系都非常好。对她而言，只要生活充实了，就不会有时间去想那些让人难过的事情。

不过，这只是其次，她最幸运的是江瀚陪在身边。

室友常常拿江瀚开九秋的玩笑，说江瀚是不是在追九秋。

九秋总是大手一挥，说："什么呀，我跟江瀚就是哥们儿，那家伙跟个冷血动物似的，一起出去玩还不送我回宿舍，有这么喜欢我的吗？"

也是，江瀚虽然和九秋关系好，但也许只是因为有一层"老同学"的关系，毕竟他的所作所为都不像是喜欢九秋的表现。

哪有喜欢一个人，能看着对方背上贴着大乌龟的贴纸而无动于衷任由对方被笑话的呢？

当九秋发现自己背后有一张乌龟贴纸时，江瀚无辜地摸摸鼻子，说："我觉得挺可爱的，就忘了跟你说，不好意思啊。"

挺可爱？既然这么可爱，就送给江瀚吧。

于是，九秋把乌龟贴纸贴在江瀚的后背，说："和学弟们玩游戏的惩罚就让你替我接受吧！那些家伙，偷偷贴了不告诉我，害我出丑，我回头肯定收拾他们！"

江瀚微微捂着嘴，好似怕周围会有人认出自己，说道："你赶紧给我摘了。"

"不摘。"九秋满意地看着自己的杰作，随之说，"晚上有时间吗？去酒吧玩啊。"

"没时间。"江瀚说着，双手正要去扯后背上的乌龟贴纸，九秋按住他的手，说："不许动，你动我就不理你了。"

江瀚拿她没办法，只好笑她："怎么跟个孩子似的？"

"做个孩子不好吗？无忧无虑的。"九秋两手张开，重重地拍了一个巴掌，"你要是没时间去的话，我就自己去。"

说完，她就乐呵呵地走了。

江瀚把背后的乌龟贴纸取下来，看了一眼纸上的画像，笑了笑："倒是挺像的。"

旋即，他将乌龟贴纸细细地折好，放进了口袋里。

晚上，江瀚还是去了。

江瀚知道九秋最常去的那家酒吧在哪儿，因为九秋总跟他说，她已经跟那里的酒保混熟了，还相互交换了联系方式。

穿过灯红酒绿的舞池，江瀚看见九秋醉醺醺地坐在吧台上，一个男人正在跟她搭讪，想让她陪他喝酒。

凉夏与九秋

江瀚径直走过去，一只手拽着男人的胳膊，将他拉开，说："不好意思，这是我女朋友。"

"哎？你是谁啊？"被拉开的男人心生不满，但看到江瀚眼中的怒意，也只好灰溜溜地离开了。

醉醺醺的九秋大笑着一只手抓着江瀚的衣领，一只手拍打着他的胸口："你才不是我男朋友呢，你是谁呀？"

江瀚掰开她的手，扶住她摇晃的身体，说："我是江瀚。"

"江瀚？江瀚不是没时间来吗？怎么又来了？"九秋疑惑地抬起头，醉红的脸上一片迷茫。

"我又有时间了，所以就来了。"江瀚不紧不慢地说。

"又有时间了，你怎么这么随意啊。"九秋嘿嘿地笑起来，大手一挥，豪气地说，"江瀚啊，你想喝什么？随便点，姐姐请你！"

"我什么也不喝，我是来带你回去的。"说着，江瀚起身，伸手穿过九秋的腋下，将她从凳子上扶了起来。

九秋连忙往地上坐去，说："不不不，我不走，我还没喝够呢。"

"你已经喝糊涂了！"江瀚强制性地将九秋架起来，然后把她往酒吧外拖。

九秋被拖着走，丝毫反抗不了，她急了，呜呜地哭起来："别，江瀚，别带我走，我还想喝……"

"白天装成什么都不在乎的样子，晚上就去买醉，鹿九秋，你怎么这么没用？"江瀚叹了一口气，拖着她向外走去。

九秋忽然抓着江瀚的胳膊，说："我不走，不走……我走了，怎么想

116

凉夏……怎么想唐澄……我不走……"

唐澄，还是那个人吗？

江瀚心里聚起万千愁结，无意识地松开手。

九秋直接摔倒在地，嘴里却还在喃喃地念叨着："我想喝酒……我要回去喝酒……"

鹿九秋，这么久了，你还没忘记唐澄吗？

凉夏与九秋

3.关于雪的约定

头好痛，快要炸开了。

迷迷糊糊中，九秋感觉身体像是陷在一团巨大的棉絮里，格外地轻松，而头却很沉重。

揉了揉昏沉的脑袋，九秋缓缓清醒过来。映入她眼帘的是一床带着酒店标的丝绒被。

她惊得立马坐起来，才发现自己确实是在酒店。而她发现自己身上什么衣服也没穿。这……这……她昨晚该不会是……

太可怕了吧！九秋"啊啊啊"地叫起来，恐慌地喊道："怎么办，怎么办！"

"喊什么？"一个熟悉的声音忽然传来。九秋惊慌中看见江瀚抱着毯子，出现在卧室门口。

"江……江瀚？"九秋一时间回不过神来。

江瀚郁闷地盯着她："见鬼了？"

"见鬼了！"九秋伸出一只手，笔直地指着江瀚，怒道，"你居然敢趁火打劫！"

江瀚站在门口，像一株松树。

九秋用被子裹着自己，哭诉道："你居然对我做这种事……江瀚，没想到你是这样的人，你要对我负责，呜呜呜……人家的清白啊……"

"行了，我没对你做什么。"江瀚淡淡地说，"我对你没兴趣。"

"你说什么？本姑娘要身材有身材，要相貌有相貌，你居然对我没兴趣？"九秋不乐意了，怪江瀚没眼光。

江瀚实在不知道该怎么应对九秋奇怪的话语，只平静地问："酒把你的脑子泡肿了吗？"

"你什么意思？"九秋不爽地问。

学校宿舍有门禁规定，昨晚已经过了门禁时间，江瀚没办法，只好在外面酒店开了一间房。刚把这个烦人精扶进卧室，她就开始一件一件脱自己的衣服，将脱了的衣服甩在江瀚身上。

江瀚干脆自顾自地去沙发上睡觉了。"要是把这件事情告诉鹿九秋，他倒是很好奇她会是什么样的反应。"江瀚心想，嘴上却说："赶快穿衣服，今天上午你有课，你已经迟到了。"说完将门关上就出去了。

九秋扭头看了一眼椅子上叠好的自己的衣物，包括里衣里裤，难堪得想找个地缝钻进去。

她还是等会儿穿好衣服再质问那家伙吧！

九秋想着，迅速爬起来将衣服全部穿好。随后，她将床上的被子用力掀开，发现床上干干净净的什么也没有。如果江瀚对她做了什么，怎么可能不留下痕迹呢？

她就这么没有魅力吗？她不由得想。

凉夏与九秋

九秋走出卧室门，看见江瀚在揉眼睛，似乎是因为昨夜没有休息好。

九秋走到江瀚面前，郑重地问："昨晚我们发生了什么吗？"

江瀚抬起头，似乎还有些疲倦，他说："我对你没兴趣。"

"是吗？"九秋对自己的身材和相貌可是很有信心的，她说，"既然我们没发生什么，那为什么我早上醒来会没穿衣服，并且我的衣服全部整齐地叠好放在床头？你敢说你对我没做什么？"

这个女人，臆想症也太严重了吧！

江瀚揉揉眉心，干脆全部说了出来："昨天晚上你因为喝酒错过了宵禁时间，没办法我只能带你来酒店。原本看在老同学的面子上，我想帮你把外套脱了让你睡得舒服一点，可没想到你忽然躺在床上，一件一件地脱自己的衣服，直到……"

话到最后，九秋的脸涨得通红，可江瀚似乎并没打算停下来，说："我很无助，克制了自己很久，然后淡定地帮你把衣服叠起来，君子坦荡荡地离开了房间，睡在了这里。"说着，江瀚拍了拍屁股底下的沙发。

九秋如避蛇蝎般连连后退，捂着自己的胸口嚷道："你胡说！"

"我都用手机录下来了，你要不要看看我是不是胡说？"

"你说什么！"九秋生气地大喊。

江瀚眼神一沉，淡淡道："骗你的。"

"你……"

"气死我了！"九秋气急败坏地大吼了一句，赶紧转身离开了这个让她暴躁的房间。

留在房间里的江瀚松了一口气，脑海里又不由得回想昨晚的情景。九秋不停地脱自己的衣服，他摁了好久才把她摁进被子里，可那家伙还是把衣服扔出来砸在他头上。

憋红着脸的江瀚默默地捡起地上的衣服叠好，慌忙逃出了房间。

那个家伙啊，喝醉酒居然是这个样子的，以后可再不能让她喝这么多酒了。

离开酒店的九秋也在心里默默发誓：下一次，一定不可以喝醉！

那样太丢人了。

千里外的江市。

简映飞被气走后，凉夏有些寝食难安。

琢磨了很久后，凉夏才给简映飞发去消息："简映飞，对不起。"

过了整整六个小时，简映飞才生硬地回了"没关系"三个字。

一定有关系吧？凉夏暗想。也不知道为什么自己会变成这样，将所有人拒之千里以外，既隔绝了别人，又伤害了自己。

对于九秋，她明明是想念的啊。

"凉夏学姐。"小柯忽然出现在凉夏的身后。

凉夏愣了片刻，问："你来做什么？"

"凉夏学姐在这里做什么？"小柯在凉夏身边坐下，看了看眼前的风景，"凉夏学姐真会选地方，坐在这里，视野非常开阔。"

这是学校对面的一处公园，他们所在之处就是公园的半山腰，坐在这里能将学校的风景一览无遗。

"你在跟踪我？"凉夏问。

凉夏与九秋

小柯看着凉夏，嘿嘿一笑，说："凉夏学姐你别这么凶嘛，我没有跟踪你，只是无意间看到你在这里，所以就过来看看。"

"你又想做什么？"凉夏已经有些不耐烦了，她不太喜欢跟小柯来往，因为她不喜欢小柯这种自负的男生。

小柯没有回答凉夏的问题，而是问："那个叫'九秋'的女孩子，对凉夏学姐来说很重要吧？"

凉夏一怔，扭头盯着小柯，眼里写满困惑。小柯诚实地说："上次，你跟你那位所谓的'男朋友'的对话，我都听见了。"

凉夏没有答话，只是从鼻腔里冷冷地发出一声"哼"。

"我知道凉夏学姐你不喜欢我，甚至有点讨厌我，但是凉夏学姐不知道，你这种自以为是全世界最受伤的人，用冷漠的外表伪装自己，才是最让人讨厌的呢。"

凉夏睁大眼睛，眉宇间浮起一丝难堪的神色。

"事情已经发生了，结局已经摆在眼前了，谁是值得珍惜的，谁是不值得珍惜的，凉夏学姐你真的分得清吗？"小柯问。

凉夏气得指尖发凉，然而，对于小柯的话，她半句都反驳不了。因为，她知道自己除了说"关你什么事"之外，再也说不出任何强有力的反驳的话。

"你所经历的痛苦是为了让你成长，而不是让你摒弃一切真心为你好的人。毕竟，凉夏学姐你只是被人欺骗了。但是在这个世界上，明明有很多人比凉夏学姐还要惨，可他们还是在很认真地改变自身处境。"小柯缓缓道来。

凉夏微带怒意地说："你懂什么？你又不是当事人！"

"只有当事人才能懂吗？我也有让我难过伤心的事情啊。"小柯望着凉夏，说，"每个人都有自己的痛，无论在心里还是身上，明明放手就能免于痛苦，为什么还不放过自己呢？为什么还要把痛苦放大呢？"

凉夏没有说话，心里的苦涩隐隐翻涌出来。

小柯伸出一只手，仿佛在感受江市冰冷的空气，说："你知道吗？凉夏学姐，江市要开始下雪了，雪能掩埋一切不好的往事，等待阳光将它们连同水蒸气一起带上天空，然后，烟消云散……"

江市要下雪了啊……

她来了江市这么久，都没有见过雪，如今，要下雪了吗？

凉夏抬头望着灰蒙蒙的天空，脑海里浮现出和九秋的约定。

她们约定好二十岁的时候要去日本北海道看雪，而这个冬天的尾巴上，正好是九秋二十岁的生日。

而明年的开头，正好是她二十岁的生日。

她们的二十岁生日离得很近，可现在，她们的心离得很远。

凉夏的眼睛模糊了，很快，眼眶承受不住眼泪的重量，眼泪悉数落下，滴落在手背上，留下一团团形状各异的水渍。

一张纸巾递到了凉夏的面前，凉夏接过来将眼泪擦去，可是无论如何都擦不干源源不断流出的泪水。

小柯微微笑了："凉夏学姐，刚才我说错了，其实凉夏学姐一点都不让人讨厌，我真的挺喜欢凉夏学姐的。"

凉夏自嘲地笑笑，慢慢地打开心扉："可是，我挺讨厌我自己的。"

凉夏与九秋

"凉夏学姐自己都讨厌自己，只是因为凉夏学姐没有勇气，人一旦有了面对所有困难的勇气，就会变得特别厉害了。什么都能克服就不会讨厌自己了。"小柯笑道。

"你别这样。"凉夏扭头看着他，说，"你这样信誓旦旦，我都怀疑你脑子进水了。"

小柯摸了摸头，不好意思地笑笑："这……我洗了头才出来的，可能洗头的时候的确进水了。"

闻言，凉夏破涕为笑，没好气地说："你真烦人。"

小柯笑起来，就像冬日的暖阳一样。他平日里吊儿郎当惯了，可是，再胡来的人也有心细如发的时候。

比如，在安慰凉夏的时候，小柯就不像是一个学弟，更像是一个比她年长的人。

"谢谢你，小柯。"凉夏觉得自己心里有些事情正在慢慢释然，她是由衷地对小柯道谢。

小柯露出灿烂的笑脸，说："凉夏学姐跟我不要客气。"

凉夏想，她前世真是积了很多德，今生才会遇见简映飞和小柯这样的一心为自己好的人。

那次之后，凉夏给简映飞打了电话，说她决定去找九秋。

简映飞在电话那头表现得比凉夏还要开心，他等这天已经等了很久很久了。

凉夏也等了很久了，从十八岁等到二十岁啊……

九秋，你还好吗？我要来见你了。

十二月，隆冬。

因为临近生日，所以九秋事先邀请了许多人去酒吧狂欢。

十九岁时的生日没有凉夏陪她，她认为，二十岁的生日凉夏也不会来了。可是，二十岁有她们的约定啊……

生日那天，九秋无心听课，一直将手机放在最显眼的位置，奢望凉夏能给她发来一条消息。可是一整天过去，手机屏幕从未亮起过。

九秋决定不再愁眉苦脸，而是将自己沉浸在狂欢中，从此麻木自己心中的遗憾。

在酒吧开生日宴会的时候，她是最活跃的那一个，她招呼大家一起玩游戏、一起去舞池跳舞。

九秋是第一次和陌生的男人贴身跳舞，但她很享受这样的感觉。

江瀚走进舞池，将九秋拉了回去。

九秋责怪江瀚："你干吗扫我兴啊？"

"你不能去疯了。"江瀚的话明显带着命令的语气。

"我又没喝醉！"九秋反驳。

"还说喝醉。"

此时九秋双眼迷离，整个人毫无形象地半躺在沙发上。

看见江瀚在打量自己，九秋将衣服领口往上提了提，指着江瀚："流氓，真坏。"

说着，她又爬起来，对着舞池的人眉开眼笑道："啊！'爱妃'们，朕来了！"

而江瀚伸手拉住九秋，将她往里一拽，谁料那一拽让九秋身体失去平

凉夏与九秋

衡，九秋一个旋身，直直地摔进了江瀚的怀里。

那一刻，江瀚愣住了。

九秋的面容近在咫尺，因为酒意而泛红的脸看上去有些诱人。

九秋因为喝醉了酒，身体失重，干脆直接压在江瀚身上。江瀚半靠在沙发上，直勾勾地看着九秋的靠近，一时间失去了语言能力。

九秋似乎还想说什么，可那一瞬间胃里忽然剧烈地翻涌起来，九秋干呕几声，江瀚忽然站起身，将九秋稳稳地扶住。

但九秋还是吐了，吐得沙发上到处都是污物。

"好难受啊。"九秋用手擦了擦嘴，无力地靠在江瀚的身上，说，"江瀚，我头疼。"

抬起手腕看了看时间，江瀚说："我们还是先回去吧。"

说着，江瀚将九秋拉到背上，背着她穿过舞池，离开了酒吧。

外面有风，很寒冷，九秋的酒意被吹散了不少。被江瀚背着很舒服，九秋就有点不想下来了。突然，江瀚脖颈上传来湿热滚烫的触感。他猜想九秋流泪了，一定是到了现在凉夏还没跟她说生日快乐的缘故吧。

天空忽然间飘落了一些细碎的东西，江瀚驻足，望着空中稀疏的白雪，喃喃道："九秋，下雪了……"

九秋缓缓地抬起头，看见夜空中飞扬的白雪，忙说道："下来，放我下来。"

九秋在路边坐下，像个孩子一样仰头看着海城细碎的雪。

下雪了……凉夏你看见了吗？在我二十岁的这天下雪了，老天也想让我们见面啊。凉夏，你在哪里呢……

九秋忽然低下头，抱着自己失声哭了起来。

这样的雪让她无比感伤，让她想起了和凉夏的约定，可是现在凉夏不在她身边。

江瀚站在九秋的背后，将自己脖子上的围巾取下，温柔地系在九秋的脖子上："九秋……"

九秋抹干眼泪，抬头说："我跟凉夏约定二十岁的时候去日本看雪，江瀚……我们真的再也不能和好了吗？你看啊，海城这种十年都不会下雪的城市都下雪了……是不是老天也在心疼我……"

"别想太多了，一切都会好起来的。"江瀚蹲在九秋旁边，将她轻轻地拉入怀中。

九秋靠在江瀚怀里，觉得十分温暖。

"好了，九秋，我们回去吧，这里很冷，你会生病的。"江瀚温柔地劝道。

九秋有些任性地用小女孩的姿态说："你背我……"

"是，我背你，女王大人。"江瀚无奈地笑笑，走到九秋身前蹲下，"女王大人，上来吧。"

九秋吸了吸鼻子，爬上江瀚的背。江瀚将她背起，掂了掂说："你变重了。"

"胡说。"九秋搂紧了江瀚的脖子。

"我快要喘不过气来了。"江瀚故意活跃气氛，转移九秋的注意力。

九秋紧紧地搂着江瀚的脖子，一句话也没再说。

凉夏与九秋

江瀚也没有再说话，眼神变得十分柔和，慢些走吧，就这样……

雪仍旧在下，城市因雪光变得白茫茫的。

这大抵是凉夏有生以来见过的最大的雪，她等在九秋的宿舍楼下，伸手迎接飞舞在空中的雪花。雪花落入手心，很快便融化了。

因为雪天，时间又比较晚，宿舍楼下来往的人很少。大家要么躲在宿舍取暖，要么跑出去玩雪去了，只有凉夏孤零零地在那里站着，偶尔徘徊两步，免得脚给冻僵了。

江瀚背着昏昏欲睡的九秋来到了女生宿舍楼下，刚走过路灯阴影处，便看见了等在前方的凉夏。

看到凉夏，江瀚有些惊讶，不由得停下了步子。

凉夏看到江瀚倒没有什么情绪变化，她记起简映飞曾说他和九秋在同一所学校。

江瀚顿了一下，轻声对伏在背上的九秋说："鹿九秋，你……起来看一眼，是谁来了。"

"能有谁来……"九秋迷迷糊糊地说。她揉揉眼不情愿地抬起头，暗黄的灯光让她眼前模糊了一阵，凉夏的身影在她眼中旋即清晰了起来。

九秋看到，在最明亮的那盏路灯下，站着穿着白色短款羽绒服的凉夏，她平静地站在那里，眼睛正望着九秋的方向。她的头上已经铺了一层淡淡的白雪，整个人显得十分雅静。

"凉……夏……"似乎很久没有喊过这个名字了，九秋有些结巴，等反应过来确实是凉夏的时候，九秋挣扎着要从江瀚背上下来。

江瀚连忙放下她，因为动作太过急切，九秋落地后差一点没站稳。凉夏快步上去，伸出一只手扶住了九秋。

看着在眼前放大的熟悉的脸，九秋的眼眶忽然变得酸痛，随即呜呜地抽泣起来，目光却不曾离开过凉夏。

这是不是在做梦，如果目光离了凉夏，她忽然消失在这雪里该如何是好？"怎么变得爱哭了？"看着九秋，凉夏问。

"凉夏……"九秋喃喃地喊着她的名字，不知不觉，脸上淌过一行又一行的滚烫的泪水。

凉夏捧起双手，往里呵了几口热气，然后，用带着温热的手心贴在九秋冻得通红的脸上。

九秋"哇"地一声哭起来，扑过去将凉夏抱住，嘴里不断地重复："凉夏，凉夏……"

此刻，说什么也无法表达她此刻的心情。

没有什么比凉夏来见她更重要。

"生日快乐，九秋。"凉夏抚摸着九秋的头发，无比温柔地说。

她们两年没有这么说过话了。两年里，凉夏一直因为唐澄的事耿耿于怀，没有给过九秋好脸色。她以为她这么做自己被欺骗的心就能得到释然，然而其实她这两年过得丝毫不比九秋快活。

"凉夏，我不是在做梦吧？真的是你吗？"九秋抓着凉夏的双手，定定地看着她，声音还有些呜咽。

"不是做梦，九秋，对不起……"凉夏很艰难地说出"对不起"这三个字。

凉夏与九秋

这两年来，因为她的冷漠，而高高悬在心头的重担，终于放了下来。

九秋摇了摇头，说："你没有对不起我……是我不好……"

凉夏微微笑了，帮九秋拂了拂肩头的雪花，问："你还记得我们二十岁的约定吗？"

"忘不了的……"九秋说，"二十岁啊，我们要去日本看雪呢。"

凉夏低头翻了翻自己的包，掏出两张纸片放在九秋的手心。

九秋摊开手心一看，是去札幌的机票。她愣愣地看着凉夏，一时没有反应过来。

凉夏看了看一直站在九秋身后的江瀚，对九秋说："你不能让我一直站在这里吧。"

九秋回神，说道："宿舍的床太小了，我去外面给你订一家酒店吧，那个……"

九秋回头看向江瀚，刚想感谢他陪她回来，然而，江瀚抢先一步说："老友相见，我也算你们半个朋友，我陪你们一起去酒店吧，现在太晚了，两个女生不安全。"

凉夏敏锐地察觉到江瀚的心思，便微微一笑："也好。"

江瀚陪伴凉夏和九秋去找酒店。一路上，九秋一直紧紧挽着凉夏的胳膊，似乎真的怕她走丢了。

两个女孩即使因为隔阂两年不曾亲密接触，然而，当她们又在一起时，那两年似乎只是一场噩梦，如今，梦醒了，一切该回到从前了。

江瀚送凉夏与九秋到了酒店，九秋张开手臂兴奋地对江瀚说："江瀚你回去吧，太晚了！这里我们两个能行。"

江瀚也不好多留，便说："那我就先走了，你们注意安全，有人敲门不要随便开门。"

"知道了知道了，我们又不是小孩子了。"九秋的胳膊撑在酒店前台柜上，头也不回地说。

江瀚听得出她的开心，于是转身准备离开。

凉夏说："我送送你吧，老同学。"

江瀚没有拒绝。走到门口的时候，江瀚忽然转身看向凉夏，问："你有话要对我说？"

"不愧是江瀚。"凉夏笑笑，回头望了一眼趴在柜台上的九秋，问，"你是因为九秋来的这里吗？"

江瀚顿了片刻没有说话，而后，才无奈地笑笑："这么久不见，你确实变聪明了很多，我的小心思瞒不住你。"

凉夏无所谓地摇摇头，仍旧微微地笑着，她双手背在背后，说："你放心，你不愿说的时候，我自然也不会跟九秋提起。另外，谢谢你这两年对九秋的陪伴，如果没有你，我不敢想象她会怎么度过这两年。"

凉夏谢江瀚，然而他却觉得没有这个必要，因为他做这一切都是自愿的。江瀚在离开酒店大门前，只对凉夏说了一句话："知道你们对彼此的重要性以后，下次可不要再吵这么久了。"

望着江瀚的背影，又听着九秋在酒店大厅招呼"凉夏，快来呀"，凉夏在心里默默念着："不会有下次了……"

凉夏转身，朝九秋走去。站在对面等待凉夏的九秋，脸上立马露出了灿烂的笑容。

凉夏与九秋

二十年了，她们从一出生的时候，命运就将她们紧紧相连了。

二十年了，她们早已成为彼此生命中不可割舍的人。

4.札幌遇见许青彦

凉夏和九秋飞去了日本。

正是隆冬的时候，北海道都是一片白。

凉夏与九秋的日语都有些生疏，全程靠英语和手势与本地人交流。她们在札幌逗留了两天，然后收拾行囊去了距离札幌半个小时车程的留寿都滑雪场。

那是北海道最大的滑雪场，来这里滑雪的人很多。

作为新手的凉夏看到起伏的雪场，不禁心生胆怯，开始退缩："九秋……我……我有点不敢去了！"

九秋看着滑雪场上的人，只有少数滑得十分好。她抓着凉夏的手，说："怕什么，大家都不会，雪层那么厚，摔倒了也不会受伤的，走吧！我教你！"

九秋从小就是个爱冒险的人，四岁时的她就自制了滑雪板在铺着薄薄一层雪的地面滑行，摔个狗啃泥也能乐得哈哈大笑。但凉夏生来好静，自然胆小许多。

凉夏挣脱九秋的手，说："那你先滑，我看你是怎么滑的。"

凉夏与九秋

九秋无所畏惧地走了两步，而后用滑雪杖支撑着身体，朝后一推，身子立即往前掠去，所过之处，留下两条流畅的曲线。

"哈哈哈！凉夏你看嘛，很简单的！"九秋哈哈大笑，然而，笑声刚落，身子便侧倒在地，溅起的雪花扑打了她一脸。

"九秋。"凉夏慢慢挪动鞋底的滑雪板，朝九秋走过去。

九秋吃力地爬起来，笑着对凉夏摆了摆手，说："没事儿！正常！凉夏，你要是不敢，我先溜一圈，技术练熟了，我就来带你。"

"你自己要小心啊。"凉夏担心地喊道。

她话音刚落，九秋便又欢呼着从一个小斜坡滑了下去。这一次，她稳稳地一个回身，用滑雪杖插入雪地，完美地收了尾。

"太棒了！"斜坡下的九秋玩性大起，继续往远处滑去。凉夏看了看坡度不大的斜坡，迟疑着要不要下去找九秋。

凉夏咬咬牙，踏着滑雪板走了几步。在斜坡的口子上，她学着九秋用滑雪杖撑住地面往后一推，脚底的滑雪板便像轮子滚动一样迅速地从斜坡上滑下来。

"啊——"由于重心太靠后，凉夏一屁股跌坐在雪地上，又因为惯性打了几个滚。

"噗——"吐掉灌进嘴里的雪，凉夏爬起来坐着，视线扫过滑雪场——人群里已经找不到九秋的影子了。她拍去身上沾着的雪，想要站起来，然而，滑雪板太长，她一时无法站起来。

正为难之际，一只强有力的手忽然扶住了她的胳膊，凉夏借力爬起来，一抬头，见是一个全身包裹得很严实的男生。只见他戴着滑雪眼镜，看不清面容，只露出来部分脸和嘴唇，看起来是个年轻人。

凉夏刚想张口道谢，对方就用日语说了一串她听不懂的话。

凉夏一愣，尴尬地对着男生摆了摆手，表示自己听不懂复杂的日语。旋即，她又九十度大鞠躬，用日语说了声简单的谢谢。

男生闻言，笑了起来，心里大抵明白她不是日本人，于是潇洒地挥了挥手："You are welcome！"说完，他便熟练地推开滑雪杖，滑往更宽阔的地方去了。

凉夏站在原地，有些不知所措，她又检查了一遍身上有没有残余的雪，然后在人海里寻找九秋的影子。

九秋估计玩疯了。

找不到九秋，凉夏只好借助滑雪杖，像蜗牛一样在雪地慢慢滑行。

或许她这样的动作太滑稽了，引来了别人一阵善意的哄笑。

凉夏抬头望去，见刚才扶她起身的男生和另一个男生并排站在一起，似乎正盯着她，那笑声便是从另一个男生口中传出的。

扶她的男生用胳膊肘撞了一下朋友的胸膛，用中国话说道："别笑人家啊。"

"她很好笑嘛，怕什么，她又听不懂。"男生的朋友说。

凉夏面无表情地低下头，转身往别的方向挪去。转身的刹那，她嘴角有着隐隐的笑，似是嘲讽。她摇了摇头，不想跟这两个傻子计较。

刚转身滑出去不久，九秋就从远处冲来，嘴里大喊着："凉夏！凉夏！我可以教你了！"

听到如此字正腔圆的中国话，那两个男生睁大眼睛，面面相觑了一会

凉夏与九秋

儿，然后默默地分开去滑自己的雪了。

看着九秋飞奔而来，凉夏像家长一样叮嘱："你慢点儿。"

九秋不听，飞速滑到了凉夏跟前，手舞足蹈地说："凉夏，重心稍稍靠前，你先滑直线，不要转弯了。勇敢一点，稳住自己的身体，别怕摔倒，摔倒时尽量侧倒。"

说着，九秋又背对着凉夏："看我来一次。"

看着九秋熟练地滑出一段距离，凉夏跃跃欲试。学着九秋的样子，凉夏撑地滑开，眼看身体不稳了，九秋大声喊道："弯腰身体前屈！用滑雪杖撑住地面！"

凉夏慌乱中按照九秋所言来做。滑雪杖撑住地面的那一刻，凉夏还惊魂未定。

"对！就这样！慢慢来。"九秋鼓励凉夏。

方才那一次滑行，让凉夏心里似乎有信心了，凉夏开始慢慢地练习，渐渐地，她能找到身体的平衡点，看上去自然了不少。

慢慢把握要领后，凉夏玩得更顺畅了。

她记得那天滑雪场上的笑声，也记得阳光映在洁白雪地的灿烂，这些成为凉夏一生难忘的记忆。

然而，她不知道的是，接下来在札幌遇见的一切，才会成为她余生最大的财富。

从留寿都滑雪场回到札幌后，凉夏与九秋打算在札幌留宿一晚，然后去神奈川玩。

住在札幌的那晚，札幌下雪了。

阳台上，九秋和凉夏坐在一起，望着屋外飘落的鹅毛大雪，桌上摆放着烫好的花酒。

"我从来没见过这么大的雪。"九秋趴在栏杆上，呆呆地望着黑夜中白色的精灵。

凉夏靠在单人沙发上，手里捧着温热的花酒，偶尔尝一口，偶尔侧头看看雪花，嘴角噙着淡淡的笑。

"好享受啊。"九秋把头枕在手臂上，有些昏昏欲睡。

"困了吗？"凉夏问。

九秋闭着眼，享受般地点点头："但是想看雪。"

"天气预报说这场雪会下到明天呢，明天也可以看，你先去休息吧。"凉夏说。

九秋打了个哈欠，掏出手机看了看时间，说："那我先去眯一会儿，然后再来陪你。"

现在时间还早，就这样睡了似乎有些不划算。

"好。"凉夏应道，目送着九秋离开。

桌下的火炉里燃着炽热的火，火光一下一下地照在凉夏的脸上，凉夏的脸浮着花酒带来的微红。她双眼有些迷离，怔怔地望着纷飞的白雪。山月不知心里事，水风空落眼前花。

凉夏微微垂眸，长长的睫毛掩盖住了她的眼神，她似乎有心事。无限欢愉之后的宁静，总会带给她莫名的伤感。

她知这伤感从何而来，也知自己不该为其伤感。然而，情绪到了，自

凉夏与九秋

己也控制不住。

靠着沙发，凉夏轻轻地叹了一口气。她也有些睡意，但是不想回房间。数杯花酒入喉，四周便像是一个很朦胧的世界，在这个朦胧的世界里忽然传来了两个男人说笑的声音。

"哗——"木门被推开，欢闹声戛然而止。

凉夏吓了一跳，睡意顿消。

她愣愣地抬头看着闯入者，一时没反应过来。

面前是两个年轻男人，其中一个看清凉夏的面容后，心虚地对另一个男人说："还是不要来这里吧？"然后，他默默地退了回去。

另一个年轻男人呆呆地站了一会儿，才说："对不起，我不知道这里有人。"

他说的是汉语，声音有点耳熟。

凉夏仔细地回想了一下，脑海中冒出在留寿都滑雪场扶她起身的那个男人的样子。

她眯起眼睛，嘴角缓缓翘起，原来是那个人。

看着凉夏奇怪的表情，年轻男人小心地问："你是中国人，对吧？"

凉夏拉了拉盖在腿上的毛毯，微醺地说："不像吗？"

"没有没有。"年轻男人摆摆手，不自在地看了看凉夏对面空着的沙发，又看了一眼屋檐外的雪景，还没开口，便听凉夏说道："想看雪啊，坐吧。"

年轻男人不好意思地坐下，看着对面脸颊潮红有些醉态的女生，开始找话题："这北海道的雪真好看啊。"

"是啊，所以我才来的。"凉夏仍旧看着屋檐的方向，脸上露出迷醉的微笑。

"你……你是哪里人，叫什么名字啊？"年轻男人好奇地问，因为得知是中国人，他就想多了解一点。

凉夏看向年轻男人，说："云城。"

"云城？"男人惊讶地张大嘴巴，说，"我是南市人。"

凉夏笑起来，说："看来算得上老乡了，我高中就在南市念书。"

因为"老乡"这层关系，年轻男人不似之前那般紧张，笑道："挺巧的，哦，对了，我叫许青彦，'许仙'的'许'，'青山绿水'的'青'，'吴彦祖'的'彦'。"

凉夏饶有意味地想了想，说："我叫林凉夏，'林冲'的'林'，'荒凉萧瑟'的'凉'，'夏雨荷'的'夏'。"

听出凉夏是在打趣他，许青彦不好意思地笑笑，说："这么介绍惯了，一时没改过来。"

"没关系。"凉夏仍旧盯着屋檐外的白雪看。

看到凉夏有微微的睡意，许青彦又找不到其他话题，一时间气氛沉默了。凉夏喝了酒，有些乏了，她打了个哈欠，旁若无人地靠着沙发闭上了眼睛。许青彦没有打扰她，只是翻开扣着的没用过的酒杯，倒了一杯花酒来喝。

花酒酒精含量低，带有一丝甜味，让人微醺，却不会沉醉。

"绿蚁新醅酒，红泥小火炉。晚来天欲雪，能饮一杯无？"

如此情景，让许青彦想到了这首诗。他看了一眼似乎已经睡过去的凉

凉夏与九秋

夏，微微笑了起来。

夜更深的时候，许青彦起身帮凉夏拉高了毯子，避免她被冻着了。大概过了两个小时，火炉的火变得微弱了一些，凉夏被一阵寒风吹醒，她打了个喷嚏，揉揉眼醒了过来。

阳台上空无一人，九秋也没过来，看样子是在房间睡熟了。凉夏坐好，目光瞥到了桌上被压着的一张字条。

她好奇地拿开酒杯，将字条捡起一看，上面有一行很飘逸的字：

我把酒重新热了一下，如果你醒来就喝一点暖暖身体，然后回房间休息吧。

许青彦

看到此处，凉夏不由得一笑，一股被陌生人关心的温暖流遍全身。

她将字条收起来，抱着毯子离开了阳台。

次日，凉夏和九秋去了神奈川。

神奈川是她们在日本的最后一站，凉夏也没有再遇到那个叫许青彦的年轻男人。

或许这只是萍水之缘，凉夏这么认为，很快将这件事情抛之脑后。

在神奈川的第三日，凉夏与九秋乘飞机回了中国，然后，她们各自回了自己学校所在的城市。

临走前，九秋还特意嘱咐："要每天联系。"

彼此之间的隔阂已经消除，凉夏当然会和九秋每天联系。

九秋坐火车回到海城，一出站，她便在人群里看到了江瀚的身影。

"咦？你怎么在这里？"九秋吃惊地问。

"你和凉夏和好了，祝贺一下。"江瀚面无表情地说着这句话，从容地从九秋手里接过行李箱，"回学校吧，我已经约好了车。"

九秋随着江瀚走向出租车停靠的地方，不怀好意地瞥着他："江瀚，我发现你很喜欢对我好。"

"竟然这么明显了，我好怕哦。"江瀚仍旧以一副平淡的口吻说。

九秋无趣地嘟着嘴，埋怨："真烦。"

来到出租车停靠的地方，九秋率先打开副驾驶座的车门，坐了进去。

江瀚把她关车门的动作看在眼里，叹着气摇了摇头，一言不发地坐在了后座上。

回学校的途中，他们一句话都没有说。

下车的时候，九秋主动从后备厢里提出自己的行李箱，随意地对江瀚说了声："谢了啊。"说完，就自己拖着行李箱往宿舍走去。

江瀚看着她这么无礼的态度，忍不住吐槽："什么人啊。"

末了，江瀚也懒得再上去热脸贴冷屁股，扭头就往男生宿舍走去。多大点事儿？怎么感觉自己好似在生气？

九秋有些弄不懂自己对江瀚的态度，总感觉有些莫名其妙。

她把这种莫名其妙的感觉告诉凉夏，凉夏回了她一句："你别莫名其妙地对异性生气，除非你喜欢他，他也喜欢你。否则，没有谁有义务哄你开心。"

九秋一撇嘴："我才不喜欢江瀚呢。"

她绝对不会喜欢江瀚这种性格冷淡的人。

凉夏与九秋

然而，听到九秋的否认，凉夏却在遥远的江市长长地叹了一口气："可人家喜欢你。看起来，江瀚真是任重而道远。"

不知为什么，凉夏很期待九秋知道江瀚喜欢她时的反应。

那一定很有趣。

回到学校不久后就是寒假了，凉夏与九秋准备回云城。

回到云城的第一天晚上，九秋就跑到凉夏家蹭饭。厨房里，凉夏正帮妈妈打下手。凉夏妈妈好奇地往客厅张望了几眼，八卦地盯着凉夏："哎，感觉你们好久都没这么亲近了。"

"妈，那是九秋，是个女的。你别拿男女关系的标准来看我们的友情，好吗？"凉夏头都不用抬就能猜出妈妈心里想的是什么。

凉夏妈妈笑起来，说："有什么关系嘛，你老妈我小时候还跟九秋妈妈打过架呢，你们这只是班门弄斧。"

"你们好厉害。"凉夏无情地嘲讽。

"臭丫头！"凉夏妈妈朝女儿做鬼脸。

凉夏并没有理她，二十年了，她已经习惯了。

不过，凉夏和九秋和好后，旁人明显感觉气氛变得轻松起来。

冬天好不容易迎来暖阳日，九秋约凉夏去南市逛逛。南市比云城大很多，好玩的地方也更多。

因为距离也不远，凉夏同意了。

在南市，凉夏遇见了一个令她意想不到的人——许青彦。

她以为他们缘尽于札幌，却没想到会在南市遇见。

九秋需要买衣服，于是满商场地逛。凉夏走累了，在商场供客人休息的椅子上坐着休息，让九秋自己去试衣服。也就是这个时候，凉夏听见有人在叫她，语气中带了一丝惊喜。

那便是许青彦，他穿着咖啡色西装，身形线条流畅，叫凉夏名字时，眼里闪着光。

"许青彦？"凉夏诧异起来。

她在南市念了三年高中也没有见过这个人，然而，自札幌照面后，居然又一次在南市碰见。

因为礼貌，凉夏起身微笑："真巧。"

"是挺巧的。"许青彦笑起来，问道，"你……你在这里做什么？逛街吗？"

"嗯，陪我朋友过来买衣服。"

凉夏刚说完，九秋便从衣服店里跑了出来："凉夏！我们去下一个地方吧！"

当看到这个陌生男人时，九秋挽着凉夏的胳膊，好奇地打量许青彦："这是谁？"

"在札幌认识的一个朋友。"凉夏简单地介绍。

"在札幌认识的？我怎么不知道？"九秋狐疑地问。

凉夏解释："因为你滑雪太高兴了，不知道我摔了一跤，是他扶我起来的。后来在札幌住宿那天晚上，你太困了，去睡觉了，没看到他也出来赏雪了。"

九秋狡黠的眼神在两人之间穿梭。许青彦有些不好意思地低头笑笑，

凉夏与九秋

眼神有意无意地落在对九秋解释的凉夏身上。

九秋暗暗一笑，仰头说："大帅哥，这是缘分啊！"

许青彦摸头一笑："这个……"他又转头看向凉夏，缘分这个词可不能随便用。

"哎，大帅哥。"九秋不怀好意地说，"既然这么有缘的话，不如请我们吃顿饭吧。"说完，九秋抛了个眼色给许青彦。

许青彦顿时明白她有所指，忙道："好、好啊，我请你们是应该的，东道主嘛，云城离这里还是有段距离的不是？"

凉夏有些迷糊，这两个人的话题怎么转得这么快？

"那你前面带路吧。"九秋兴奋地说。

"好，你们跟我来吧。"许青彦做邀请状，带着她们往商场的美食楼层走去。凉夏被九秋紧紧拽着，低头问："喂，这样不好吧？"

"有什么不好？人家都没说不好。"九秋理直气壮地说。

凉夏不知道，其实九秋这是在给许青彦和她制造机会呢。

许青彦带着她们吃了一顿价格不菲的西餐，在吃饭的过程中，九秋热情地跟许青彦搭话。

"许先生啊，你看起来像是已经毕业了，在哪里工作啊？"

"嗯……在南市本地呢。"

"噢——那许先生看起来这么帅气儒雅，有女朋友了吧？"

"啊哈哈，没有呢，还是单身。"

"噢呀呀！这么帅的许先生还是单身，真是没天理。许先生，加个微信吧，以后可以常联系。对了，凉夏，你也跟许先生加个微信吧。"

凉夏一脸无奈。

"许先生家住哪儿啊？"

"这个……这个私底下跟你说吧。"

"哎呀，许先生要私底下跟人家说，人家真害羞呢。"

凉夏震惊地看着对话的两人，这个九秋，平时看到帅哥也不是这个样子的，今天怎么这么反常？

"不合胃口吗？凉夏。"许青彦见凉夏一直没有吃什么东西，关心地问道。

听到这个称呼的时候，凉夏吓了一跳，忙说："没有，挺好吃的。"

许青彦似乎松了一口气，说道："那就好，我还怕你们不喜欢这里的口味呢。"

"没有，许先生请我们吃饭，我们肯定喜欢。"九秋接过话茬，她意识到了凉夏似乎有些不自在。

所以，那顿饭结束后，九秋就跟许青彦告别，带着凉夏回去了。

在回云城的路上，九秋把许青彦的家庭住址发给了凉夏。凉夏看到消息后，诧异地问："你把这个给我干什么？"

"当然是帮你争取机会啊，许青彦对你有意思，你看不出来啊？"九秋大大方方地说。

凉夏并不是看不出来，只是觉得才见过几次面，就这样去揣测对方的心思不太合适。

"反正机会在你面前，你好好把握。"九秋拍了拍凉夏的肩膀，语重心长地说，神情宛如一个媒婆。

凉夏与九秋

凉夏没好气地给了她一个白眼，并不准备接话茬。只是那天回到云城后不久，许青彦就给凉夏发来了微信："到家了吗？"

"到了。"凉夏简单地回应。

旋即，她又补充道，"谢谢你的午餐。"

"不用客气，应该的。平安到家就好。"

凉夏没有再回复，而是收起了手机。

凉夏觉得，突如其来的热情显得太虚假。

转眼便到了春节前夕。

尽管是冬季，天气也并没有多冷。凉夏妈妈正在天台上腌制蔬菜，凉夏坐在一边看书。

扭头看到妈妈忙碌的动作，凉夏忽然问："妈，去年的豇豆和腌萝卜还有吗？"

"有啊，怎么了？"凉夏妈妈问，"就放在冰箱的隔层里。"

凉夏放下书，去房间找了两个玻璃罐子，打开冰箱在罐子里装满了豇豆和萝卜。凉夏妈妈不解地问："你这是干什么？"

凉夏抱起罐子，走出了家门："寄给朋友。"

她出门后来到了一家快递门店，然后工工整整地在收信人一栏写上了"许青彦"三个字。

寄完后，她给许青彦发了一条微信："给你寄了两罐腌菜，算是给你那顿饭的谢礼。虽然这些腌菜比不上西餐高端，却是我妈妈亲手腌制的，味道特别好，很下饭，希望你喜欢。"

许青彦很快就回复了："谢谢你，凉夏，我会很珍惜的。"

凉夏迅速退出微信，心里某种感觉越来越强烈，而她也清楚，这种感觉自己内心深处并不排斥。

第二天，许青彦就给凉夏发来一张图片，图片上是两个小碟，碟里是切好的萝卜丁与豇豆。

许青彦很认真地为萝卜丁与豇豆摆盘，这让凉夏在看到图的时候，不由得暖心地笑了。她很感谢许青彦的平易近人与体贴。之前凉夏一直觉得出入高档西餐厅的许青彦一定看不上这些家常小菜，大户人家的生活做派始终与她们有距离，如今看来只是自己胡思乱想罢了。

那一刻，凉夏的心里，对许青彦多了一份不一样的感觉。

"凉夏，新年快乐。"

看着许青彦发过来的文字，凉夏微笑着回复："你也是。"

这是凉夏过的第二十个新年了，再过一个月，她就满二十岁了。

在云城，正月初一这天，老幼妇孺都会换上崭新的衣服结伴出去玩。今年，凉夏和九秋都没有出去，而是准备在凉夏家的天台与老同学聚会。

凉夏和九秋把自家的沙发搬到了凉夏家天台，备上酒水、小吃和水果，拿了些小游戏道具，等待老同学们的到来。

这群同学都是云城本地的初中同学，江瀚是本地人，自然来了。但是令凉夏意外的是，简映飞也来了。

看到简映飞的时候，凉夏有些惊讶。简映飞见到凉夏，第一句话便是："恭喜你，凉夏，能看到你的笑脸真好。"随之将一份新年礼物放在了凉夏手中。

简映飞曾多次在凉夏最难过的时候陪伴她、开导她，凉夏却常常让简

凉夏与九秋

映飞生气。对此，她一直都没有好好地跟简映飞说声"对不起"和"谢谢"，如今便正好向他表达自己的歉意和谢意。

"没关系的，凉夏，这些我都不介意。只是凉夏……"简映飞顿了顿，才不舍地说，"下学期我要出国了。"

"出国？去哪儿？"这个消息让凉夏有点震惊。

"韩国啊。没关系，很近的，我照样可以经常回来看你们。"简映飞微笑地看着凉夏，脸上露出一丝宠溺，"你要好好照顾自己，希望你能碰到一个爱你，你也爱他的人。"

凉夏有千言万语想说，但她看了看简映飞，只是真挚地说了一声"珍重"。凉夏张开双臂，微笑着说："拥抱一个吧。"

简映飞笑起来，伸手抱住凉夏。他明白，这是他给凉夏的第一个拥抱，也是最后一个拥抱了。

"喂！你们两个在干什么？"一块橘子皮砸向凉夏的后脑勺，简映飞伸手护住凉夏的脑袋，橘子皮砸在了他的手背上。

这么嚣张的家伙，除了九秋还有谁？

简映飞将凉夏拉到身后，捡起地上的橘子皮就朝九秋扔过去，九秋一把将江瀚拉到跟前，大声道："啊啊啊！江瀚！快帮我打他！"

于是，莫名其妙地，天台上上演了一场橘子皮大战。凉夏在"战争"中躲避着，嫌弃地说："你们好烦啊！"

可所有人脸上都分明洋溢着快乐的神情。

5.我喜欢你，喜欢你

那天他们玩了很久，聚会结束后，凉夏送简映飞，九秋送江瀚。

归途中，九秋甩着胳膊，意犹未尽地说："好开心啊！"

江瀚冷不丁地说："距离开学还有十天。"

"你好让人扫兴啊！"太煞风景了！九秋恼怒地在江瀚胳膊上拍了好几下。

江瀚"嘶——"一声，躲着她的拍打："痛！"

"谁让你破坏我心情了。"九秋宛如一个刁蛮女友。

江瀚却笑了，揉着胳膊说道："我哪能破坏你的心情，你可是水泥钢筋做的。"

"你——"九秋正扬起手准备再拍江瀚两下，江瀚却一把抓住她的手腕，身子不由得往前靠了靠。

"你要干吗？"九秋看着靠过来的江瀚，警惕道。

江瀚的表情神秘莫测，他说："真想教训你。"

"你敢教训我？"九秋抬起另一只手朝江瀚的天灵盖打去。

江瀚抓住她另一只手，绕过自己的身体放在自己的后腰上，一瞬间，

凉夏与九秋

九秋便被拉进了江瀚的怀里。

江瀚不动声色地说："玩个游戏吧，鹿九秋。"

"不玩。"九秋瞪着他，想挣扎却挣扎不开，这个江瀚，吃雄心豹子胆了？

"不敢？"江瀚激她。

激将法对九秋很有用，九秋抬眼，鄙夷地说："游戏规则。"

江瀚笑得有些邪魅，说："给你一分钟，看能不能挣开我的束缚，挣不开，你做我女朋友；挣开了，我委屈一下，做你男朋友。"

"臭流氓！"九秋恶声恶气地骂着。

"我是认真的。"江瀚眼中流露出诚恳的神色，这让九秋不知道如何是好。

九秋低着头，道："别闹了，放开我！"

"我没闹。"江瀚不仅没有放开，反而加大了手里的力气。

他满脸认真，九秋被禁锢在他的怀里，慢慢地感受到了他的迫切——他迫切地要得到一个答案。

九秋想也没想，说："放开，我拒绝。"

闻言，江瀚放开了九秋的手。江瀚问道："你是认真回答的吗？"

九秋揉着被抓疼的手腕，目光落在别处："对，我喜欢的不是你这样的人。"

江瀚知道，九秋喜欢的是唐澄那种人，他和唐澄毫无相似之处。

"没关系，下个月我再问一下。"江瀚很随意地说。九秋的拒绝在他的意料之内，他并没有过多的惊讶和难过。

"你来真的啊？"九秋看向江瀚，说，"你别这样，不然咱们连朋友都没得做。"

"拜托，不就是表白被拒吗？有什么关系？"江瀚皱起眉，"你竟然还拘泥于这些？被拒绝的是我，我都没说什么，还说什么连朋友都没得做，你这个小气鬼。"

被江瀚一激，九秋气得跺脚："你说谁小气呢！我……我还不是怕你难堪！"

"好难堪，现在被拒绝的是我，你在我脸上看到难堪了吗？"江瀚故作潇洒地说。

九秋支支吾吾地说："谁……谁知道你心里难不难堪？"

江瀚默默地盯着九秋，看着她的反应。

良久，低低地说了声："笨蛋。"

听到对方叫自己"笨蛋"，九秋可忍不了，她抬起脚狠狠地踩在江瀚的脚面上。

江瀚痛得直叫："你这是干什么？你这个小疯子！"

"你才是疯子！快走，我不送了！"九秋不甘示弱。

"喊——"江瀚转身大步离开了。

九秋看着他的背影，嫌弃地说："什么人啊。"

两人分别后，江瀚的心中多多少少有些失落，但这并不影响他喜欢九秋，他深谙要以怎样的方式和九秋相处才不会让她为难，所以他愿意为了九秋而承受这份失落。

而九秋在回家的途中，回忆起大学以来江瀚为自己做的种种，似乎渐

凉夏与九秋

渐能懂得江瀚想让自己做他女朋友并非空穴来风。

他喜欢她，她循着回忆的线索，找到了他那些细微的温柔……然而，她现在还不能从自己的心中为他的表白寻求到一个肯定的答复。

寒假过后，九秋如往常一般同江瀚一起坐火车去海城。

他还是帮她拿行李，她忍不住打趣他。只是如今，九秋会收敛一些，因为她相信江瀚对自己的感情，怕太过亲昵的举动让他误会。

"怎么，被我表白后，都不敢真实地表现自己了？"看出九秋的顾虑，江瀚直白地问。

九秋坐在靠窗的位子上，想了想，提议说："要不，少一个字？"

"嗯？"江瀚不明白。

九秋凑近江瀚说："去掉一个'女'字，或者去掉一个'男'字，怎么样？"

江瀚一脸冷漠，九秋以为他不会同意，没想到江瀚很快就妥协了，说："暂且这样吧。"

猛然间，手被抬起来，江瀚看着九秋像一个疯狂的孩童一样抓着他的手，强迫性地拉了钩，然后，她脸上露出奸计得逞般的笑容："说好了，不许变！"

接着，九秋兴高采烈地坐好，看着窗外的风景，嘴里哼着歌。

江瀚实在不明白她在高兴什么，明明他说的是"暂且这样"。算了吧，她本就是个小疯子，懒得管了。江瀚靠在椅背上，开始眯眼休息。

耳边是车厢里嘈杂的声音，但是江瀚能过滤那些嘈杂的声音，捕捉到只属于九秋的声音。

她的声音、容貌，在他的心里住了五年了……

去往海城的路上，九秋有江瀚陪伴，而凉夏却是孤身一人。她的路程远比九秋远得多。

在车上的时候，凉夏收到了来自两个人的问候。

一个是简映飞，简映飞说："凉夏，我走了，再见。"

凉夏回："保重身体。"

另一个是小柯，说："凉夏学姐，你什么时候到？我来接你呀。"

凉夏笑了笑，回："不用，我可以坐公交车回去。"

小柯固执地说："很远的，我朋友有车，我们一起来接你。"

凉夏想了想，问："方便吗？"

"超级方便！"

于是，凉夏没有拒绝。对凉夏而言，现在的自己，已不必靠拒人千里之外来掩护自己，多一个熟络的朋友，是件幸福的事情。

凉夏本以为小柯的朋友是男生，没有想到是一个女孩子。好在为了答谢小柯和他朋友，凉夏买了两杯热茶。见到小柯的时候，凉夏将两杯热茶一并递给他："给你和你朋友买的。"

"凉夏学姐好。"女孩乖巧热情地打招呼。

"我来介绍一下吧，学姐，这是我同学玲玲。"小柯说道。

"辛苦了，之前我一直以为小柯的朋友是个男生，想着两个大老爷们跑这么一趟没什么关系，但是没想到是个女孩，辛苦了。"凉夏有点愧疚地说。

凉夏与九秋

"没事儿。"玎玎笑眯眯地说，"你是小柯最喜欢的学姐。而且呀，我平时也很仰慕学姐你。你写的短篇稿子，我几乎都看过。"

她这么一说，凉夏反而有些不好意思。

"好了好了，别傻站着了，上车吧。"小柯帮凉夏把行李箱放进后备厢，然后打开车门让她坐了进去。

车上，话痨小柯与凉夏相谈甚欢。

看着健谈的凉夏，玎玎说："凉夏学姐这么好相处，并不像大家说的那样呀。"

"大家都说我冷漠，不好相处，是不是？"凉夏微笑着问。

玎玎嘿嘿地笑着："那是大家都不了解你。"

回想起从前，凉夏忍不住喃喃："以后会改变的，不会这样了。"

看着凉夏的样子，小柯低声对玎玎说："凉夏学姐以前只是心情不好，其实她很好相处的。"

玎玎嘟着嘴，呆呆地给了小柯一个白眼。

粗心的小柯却没读懂玎玎的意思。

到学校后，小柯热情地要送凉夏去宿舍，凉夏连连拒绝："真的不用了，小柯，你帮我好好谢谢玎玎吧。"

"哎呀，玎玎是同学，什么时候谢都可以。学姐你东西这么重，我帮你嘛。"

"你学姐我又不是柔弱的女生，这点东西我扛得上去。"凉夏正要去提自己的行李。

小柯却难过地问："学姐，你是不是嫌弃我了？"

凉夏无言以对。这个小柯，平时并不傻呀！为什么这个时候不带点脑子呢？

"小柯你送学姐吧，我去找个地方停车。"玎玎转身上车把车开走了。看见玎玎走了，凉夏恨铁不成钢地瞪着小柯。小柯却似什么都不懂一样，提着行李就走。

凉夏跟在小柯身后，问："为什么玎玎会答应你来接我？"

"因为我们是同学啊。"

"仅仅只是同学？"凉夏反问。

"告白过的同学。"小柯又补充了一句。

"那你还让她来接我？"凉夏不明白。

小柯转过身来，说："有什么关系嘛，我说我来接你，她非要来，又不是我叫她来的。哎呀，凉夏学姐你就别管那么多了。你是不是怕我跟你在一起，她会难过？放心啦，我知道你不喜欢我，所以我只是把你当成喜欢的学姐而已，懂吗？"

"我不懂，就你懂。"凉夏皱眉。

"好啦好啦，快走吧。"说完，小柯又扛起行李往女生宿舍走去。

无奈，凉夏只好跟上去。

小柯说只是把凉夏当喜欢的学姐看，是因为他心里明白，自己是走不进凉夏的心的。既然如此，那就成为朋友吧。

而凉夏，仍旧一个人在学校行走，只是如今大家都说，凉夏像是变了一个人，变得越来越美好，越来越平易近人了。

凉夏有时候会后悔，当年为什么要因为和九秋闹矛盾而选择来这么遥

凉夏与九秋

远的城市呢？如今一个人在这座陌生的城市，想念朋友的时候只能打打电话，却不能牵着对方的手，感受对方的心跳和呼吸。

凉夏会因此而感到惆怅。

而让凉夏没想到的是，她会在这座城市再度遇见许青彦。

那天凉夏跟室友出去吃饭，回来的路上路过一家商场。透过玻璃，凉夏与许青彦看见了彼此。

许青彦跟朋友说了两句，便迅速奔出了咖啡店。

"林凉夏——"

室友扭头，好奇地问："凉夏，那是你朋友吗？"

凉夏怔了怔，却看见许青彦笑着走了过来。

"林凉夏。"许青彦走到凉夏面前，还在微微地喘气。

"你……怎么出来了？"凉夏呆呆地问。

许青彦指了指咖啡店的方向，说："见一个客户。你……你竟然在这里念书？林凉夏，看来我们的缘分不浅啊。"

凉夏不好意思地笑笑，说："算是见到老朋友了，上次你请我吃饭，这次我请你吧。"

"好，没问题。"许青彦摊摊手说。

如果凉夏请自己吃饭，那他下一次就有理由约凉夏了。他在心中思忖，脸上浮出了笑意。

见许青彦答应了，凉夏只好让室友先回去。离晚饭时间还早，两人便在街上闲逛了起来。许青彦问："凉夏，你一个人在这里念书吗？"

"嗯，我前几天还想回家跟朋友见面，没想到今天就见到你了。"凉夏盈盈地笑着。对于能见到许青彦，她很开心，这种开心更多地来源于遇见了"故人"。

她跟许青彦平日里聊天聊得极少，了解对方主要依靠翻看朋友圈。凉夏与许青彦有同样的爱好，书、电影，甚至是人生观、价值观、世界观也十分契合。算是心有灵犀的"点赞之交"。

"凉夏，你稍微等等我，我去下洗手间。"走到商场的时候，许青彦借口离开。过了十几分钟，他带着礼物过来了。

凉夏有些疑惑。

许青彦将礼物盒子递给凉夏，说："送给你的，你放心，不贵重。上次我请你吃饭，你送我礼物；这次你请我吃饭，我也送你一份礼物。"

许青彦的"来而不往非礼也"让凉夏有些惊讶，但她很快反应过来，落落大方地收下礼物："好啊，你有心了。"

"打开看一下嘛。"许青彦有些紧张，自己并不擅长给女生挑选礼物，这个礼物还是咨询了店员后才选定买的。

凉夏拆开礼物盒子，看到里面躺着一个精致的毛绒公仔。

"喜欢吗？"许青彦问。

凉夏将公仔拿起来，对着许青彦晃了晃，说道："这是我最喜欢的卡通角色。"

"那便好。"许青彦松了一口气。

凉夏绽开笑容，说："你选地方，我请你吃饭。"

"嗯。"许青彦点头。

许青彦选了一家平价餐厅，他说早听说江市本地菜很好吃，于是就选

凉夏与九秋

了这家。但是凉夏明白，他是顾及她只是一个学生，所以挑选了平价餐厅，这一点，凉夏觉得他很体贴。

吃饭的时候，许青彦说："如果这个项目谈成了，我会在江市多待一段时间，到时候，你能领着我游览一下本地一些好玩的地方吗？"

"可以啊，我现在的课程比较少，闲暇时间挺多的。"凉夏笑道。

许青彦脸上有掩盖不住的欣喜，说："不会让你白当导游的，想吃什么跟我说，算是谢礼。"

"要是吃胖了可不得了。"凉夏打趣道。

"胖一点更好看，女孩子还是不要太瘦。"许青彦看着凉夏说道。他正担心她太瘦了。

凉夏摇头晃脑地叹气："你们呀，总说女孩子胖一点更好看，然而，当人家真变胖了，就没人喜欢了。"

"我喜欢呀。"许青彦很认真地说出这句话。

凉夏抬眼，"扑哧"笑了一声，点点头，装模作样地说："那我想我可以多吃一点了。"

许青彦听出凉夏这句话的意思，他收敛目光，脸颊微微发烫。

面对情意初露的话语，凉夏没有回避，巧妙地应对，没有让氛围变得尴尬。许青彦低头吃着饭菜，内心对这个女生有了更深一层的探索欲求。

次日，许青彦拿着合约书微笑着走出了会议室。

项目谈成了，这意味着，他将有更多的时间与凉夏相处。

他把这个消息告诉凉夏的时候，凉夏向许青彦要来了工作时间表，然后，专门按照许青彦的时间做好了游玩江市的攻略。

看着凉夏发来的详细攻略，许青彦不由得感叹："凉夏，以后谁要是娶了你，一定是他的福气。"

但他想了想，最终并没有将这段话发出去，而是说："谢谢你这么细心。""应该的。"凉夏简单回了三个字。

接下来一个星期里的闲暇时间，凉夏带着许青彦玩遍了江市每个值得去的地方，两个人的感情也在这场同城旅游里迅速升温。

到达最后一站的旅游景点时，凉夏接到了九秋的电话。

电话里，九秋号叫地说着："凉夏！我要疯了！"

凉夏走到一边，问："怎么了？"

"你知道吗？江瀚又跟我告白！"九秋气愤地说。

凉夏觉得好笑，被人告白，她气愤什么？

"嗯……江瀚跟你告白我知道，但你生什么气？"凉夏不解地问。

"他……他跟我告白，我们就做不成朋友啦。"

凉夏点点头，说："做不了朋友，那就做男女朋友啊。"

"哎呀！凉夏！我……他不是我喜欢的那种人啦。"九秋解释。

"可你不讨厌江瀚，甚至很享受和他在一起的时光，为什么不试着交往看看？或许，你并不是不喜欢他，只是没想到他会喜欢你，潜意识里没有做好面对这一切的准备。"凉夏分析道。

九秋沉默了许久，忽然小心翼翼地问："凉夏，你是不是早就知道江瀚喜欢我了？"

"对啊，只有你笨，一直没看出来。"凉夏毫不保留地说。

"江瀚也这么说我……"九秋气馁地说。

凉夏与九秋

"江瀚很懂你，也很疼你，他去海城的原因只有一个，那就是你。明白吗？傻瓜。"

九秋又沉默了，凉夏知道，她这一次沉默是因为自己说的这段话。

"傻瓜鹿，你自己好好想想吧，我先挂了。"凉夏不等九秋回话，就将电话挂上。她吐了一口气，抱歉地看着一直等在边上的许青彦："不好意思啊。"

"没关系。"许青彦双手撑在江边的栏杆上，望着江面倒映着的城市灯火。

"你怎么了？"凉夏望着他，他似乎有心事。

许青彦回头一笑，说："明天要走了，心里有些舍不得。"

"舍不得这美丽的风景吧。"凉夏伸出手，闭着眼，想象自己触摸着江面灯火。

然而，身边却传来许青彦的声音："不是。"

凉夏睁开眼，扭头看着许青彦好看的侧脸。

她微微低着头，目光却没有从他脸上挪开。凉夏嘴角噙着笑，说："回去以后，多联系吧。"

许青彦一怔，侧头看着凉夏，她……太聪明了吧？他心里所想的，她全都知道。

"凉夏。"许青彦转过身，面对着凉夏，凉夏扭头看他。

许青彦重重地吸了一口气，说："我知道你明白我心里在想什么，所以，我对你任何的热情与好，都请你不要太在意，只管接受就好了。"

没有说一句"喜欢"，但他把自己内心的感情表达得很清楚。因为许青彦还不知道凉夏心里是怎么想的，所以他需要时间来探索凉夏内心的秘密，也想花时间向凉夏证明，他是真的想和她在一起。

"明天，我去机场送你吧。"凉夏避开了许青彦的话题。

许青彦点点头，说："好。"

天气回暖，夜间的风也不似前段时间那样凉了。

凉夏第一次觉得，江市的夜景竟如此美。

许青彦离开江市了。

飞机上，许青彦透过舷窗，看着外面翻涌的云海，内心平静且愉悦。

凉夏如约送他到了机场，没有任何回绝他的言外之意。

他至少知道，这个女孩子对他是不排斥的。

正因如此，他要做得更好，拿出自己的诚心去对待凉夏，让她知道，他不是一个只有三分钟热度的人。

许青彦回到南市后，与凉夏之间的互动多了起来。

然而，比起微信，他们似乎更喜欢给对方寄明信片和写信。这个城市的每一棵树、每一朵花，都可以拍下来作为明信片寄给对方。

在看到许青彦寄来的第五十二张明信片时，凉夏的手有些微微发抖。

那张明信片的背面写着：

晓看天色暮看云，行也思卿坐也思卿。凉夏，同我在一起吧。

凉夏坐在宿舍，盯着那张明信片看了半个小时，看着看着，眼睛就湿润了。倒不是因为这张明信片上的内容，而是想起了至今未从心里离开的那个人。

凉夏与九秋

快三年了，不知道他现在怎么样了。

许青彦跟唐澄很像，只是前者明确地喜欢凉夏，后者从始至终喜欢的都不是她。

对于许青彦，凉夏是有些喜欢的，但是前人未离，后人如何进得来？

这封信，凉夏一定会回，只是，她不知道该怎么回。

凉夏拿起手机，给九秋打了个电话。

她问："许青彦喜欢我，我该和他在一起吗？"

她的声音并不轻松，九秋也不敢开玩笑，说："凉夏，我私心是觉得你们该在一起的，但最后还是要看你的意思。凉夏，你比我果断，我觉得，你心里已经有答案了。"

是的，她的确有答案，她只是需要一个人的肯定，让自己变得更为勇敢一些。

挂上电话，凉夏又出神地看着那张明信片——图中是一张复古案几，案几左侧摆放着一幅画，画上是皑皑的白雪。

凉夏知道，这是因为她和许青彦初遇在茫茫白雪的世界。

凉夏将明信片放入收纳盒里，转身出去拍了一张照片，打印成了明信片，在上面写了一段话。

许青彦是在七天后收到那张并蒂莲的明信片的。这几天，他一直在等待凉夏的回复，然而，微信上没有一条她发来的消息。

不过，当他看到明信片上的这句诗时，许青彦觉得，他等再久也是值得的。

明信片的背面写着：

双木非林，田下有心。

那是凉夏给许青彦的回应，一个肯定的答案。

那天晚上，许青彦失眠了。凌晨四点钟的时候，许青彦决定买最早的机票去江市，他想见凉夏。

一早，凉夏从食堂出来，迎面碰见来吃饭的小柯。

"凉夏学姐，巧啊！"小柯跟凉夏打招呼。

凉夏刚一抬头，便看见小柯背后走来一个熟悉的身影。

那人恰巧对上她的目光，手里捧着一束花，远远地站在那里，见到凉夏后，脸上慢慢绽开笑容。

小柯好奇地扭头看，问："谁啊？"

凉夏微笑起来："我男朋友。"

小柯不信："我才不信，又来这一套。凉夏学姐，我都说了我不会去骚扰你了。"

然而，小柯话音未落，就见凉夏快步走到了许青彦面前。

许青彦将花递给凉夏，两个人对视着，幸福之情溢于言表。

忽然，许青彦轻轻抚着凉夏的脸，低头吻了下去。凉夏并没躲闪，而是温柔地回应他。

"妈呀！真是男朋友！"小柯怪叫道。

闻声，在场的所有人都朝那对情侣望去，见此情此景，女生们羡慕地尖叫，认出凉夏的人在围观的人群中大声地喊着"凉夏学姐"。

凉夏这个名字，被学校更多人记住了。

她是个有才华的姑娘，长得漂亮的姑娘，有一个温暖又体贴的男朋友

凉夏与九秋

的姑娘。

她是很多女生想要成为的姑娘……

6. 年少葬入坟墓，青春随之定格

凉夏和许青彦公开了恋爱关系，但仅限于自己狭窄的交际圈。

酷热的太阳下，九秋一点一点地舔着手里的冰激凌，说："真羡慕凉夏有男朋友了，而我，还是一个人……好孤单，好寂寞。"

"你有我。"身后冷不丁地响起江瀚的声音。

九秋吓得浑身一抖，扭头埋怨："你走路没有半点声音吗？"

"是你想事情太出神了，没有感觉到我过来了而已。"江瀚看看手腕上的手表，问，"还不回去吗？已经下课十五分钟了。"

"再休息一会儿。"九秋还是懒懒地靠在阶梯上，任由太阳如火一般炙烤着自己的皮肤。

江瀚幽幽地说："走吧，晒黑了没人要，本来就不漂亮。"

话音刚落，有两只手迅速地拧住了江瀚大腿上的肉。

江瀚嗷嗷地叫起来，打开九秋的手，如避蛇蝎般退开数步。

"我不漂亮？"九秋犀利的目光落在江瀚身上，反问。

江瀚一步步后退，不怕死地说："你还挺有自知之明的。"说完，他拔腿就跑。九秋哇哇呀呀地叫起来，迈开腿就追。

凉夏与九秋

跑道上，他们一前一后奔跑着，浑然不知，彼此之间的距离正在慢慢拉近。

那些日子里，九秋身边有江瀚，许青彦偶尔会去江市看望凉夏，他们都过得极为快乐。

也就是在那一年冬天，沉寂了许久的高中同学QQ群里，班长忽然发了条消息：

1月12日同学聚会，请大家尽量出席，具体地点和时间我们商议后再告诉大家。

看到这个消息后，九秋迅速问凉夏："去吗？"

凉夏沉默了，因为她知道，去了的话，可能会见到唐澄。可是，她现在有自己全新的生活，有一个爱自己的男朋友，她为何要畏惧见到唐澄？

于是，凉夏说："去吧。"

凉夏、九秋、江瀚三个人是一起去的。

两个女孩都准备好了见唐澄，然而，她们并没有见到唐澄，只见到了许久不见的关林修。

班长说："就差唐澄没来了，关林修啊，你也没有唐澄的联系方式吗？"关林修摇了摇头。

不知为何，没见到唐澄，九秋心里有微微的失落。而这样的失落，正好被江瀚看在眼里。

"他不来不是更好？来了，你跟凉夏不是更不自在？"江瀚说。

"我没有想这个。"九秋回避着，一个人端着酒杯走了出去。

看着她的背影，江瀚的眉头紧紧拧了起来。

关林修喝完第一杯酒，走过凉夏的身边，默默地说了一句："你跟我来。"凉夏确定没听错，才随着关林修的步子走出了那座日租的公寓房。

公寓的过道尽头，微弱的阳光映照在玻璃窗上。关林修背对着过道，从背影看不出他心里在想什么。

凉夏走过去，问："你有事要跟我说？"

关林修转过身，递给凉夏一封信："我想，这是唐澄想要给你的。"

凉夏迟疑了一下，接过信来拆开看。那的确是唐澄的笔迹，也的确是写给凉夏的。

对不起，凉夏。

然而，我又有什么资格请求你的原谅？

年少的我们也许没那么懂爱，可是，正因为年少，所以，心里所受的伤才会更刻骨铭心。

我……真的从来没想过要欺骗你，说到底，是我自己太懦弱了，不敢表明自己的心意，只能像个可怜虫一样缩在你的身边，仰望着自己想仰望的人。

凉夏，你不原谅我，是应该的。但是，请你原谅九秋，因为，在这场感情里，我们三人都没有得到自己想要的东西，九秋从始至终都是为你好，只是不小心用错了方法。

你们俩，不该因为我而变成现在这个样子。

凉夏，林凉夏……

我这一辈子，最后悔的事情就是喜欢上了九秋以及欺骗了你……

对不起，凉夏。

凉夏与九秋

　　都说年少时的喜欢是最纯真、最美好的，然而，唐澄却说出后悔喜欢上九秋这样的话来。看来，这两年，唐澄所受的折磨，比凉夏和九秋要多得多。

　　凉夏缓缓地将信折起来，问关林修："你跟唐澄有联系吧？"

　　"有。"关林修说。

　　"他现在还好吗？"

　　"他……不在了。"

　　凉夏折信的手一顿，睁大眼睛瞪着关林修。

　　关林修的表情充满忧伤，说："唐澄……死了。"

　　"轰——"有那么一瞬，世界像是发生了巨大的爆炸，震得凉夏的脑袋嗡嗡作响。凉夏以为自己已经忘记了唐澄，就算再见面，他也掀不起自己心里的波澜。然而，听到这个消息时，她还是震惊了。眼泪悄无声息地滑落脸庞。

　　"死……死了？"凉夏的声音在颤抖，浑身没了任何力气，她只感觉身体轻飘飘的。

　　关林修扶着凉夏的胳膊。凉夏慢慢后退，靠在墙上，努力使自己恢复理智，问："什么时候的事……"

　　"半年了。"关林修说，"他去了西北念书，切断了和所有人的联系，除了我。凉夏，你觉得自己被欺骗了，你责怪唐澄；九秋觉得唐澄不该把真相告诉你，也责怪唐澄……唐澄是多好的一个人，你们都知道的，不是吗？可就是因为这样，他变得沉默寡言，变得抑郁。如果不是我一直陪在他身边，他可能早就想不开了……"

回想起往事，关林修现在还觉得背脊有些发凉。

当年，唐澄和关林修填报了同一所大学，出于对唐澄经历的了解，关林修总格外注意他。

在外人的眼中，唐澄不爱说话，总是一个人发呆，因此很少有人愿意和他成为朋友。

得知唐澄有抑郁症后，为了避免唐澄的抑郁症变得严重，关林修配合心理医生，一点一点试着开导他，将他从沉郁的泥沼里往外拉。

唐澄恢复得很缓慢，有时候，还会反常地变得脾气暴躁，在宿舍里摔东西。室友跟辅导员反映，要求唐澄搬出去。

没办法，辅导员只好让唐澄搬进另一间空着的宿舍。关林修不放心，便也跟着搬了进去。

起初关林修以为唐澄没救了，但唐澄的病情出现了转机，因为，他喜欢上了一个女生，那个女生的性格与容貌都和九秋极其相似，他将对九秋的感情悉数转移到了那个女孩身上。

唐澄对那个女生的追求，出人意料的固执、勇敢，女生很快接受了唐澄的告白。

和女生在一起后，唐澄慢慢恢复了正常。

关林修以为，这样下去，唐澄就会好起来。

但是，他很快又发现，唐澄喜欢那个女生，喜欢到了疯魔的地步。

他愿意为那个女生做任何事情，同时占有欲特别强。女生是个极限运动爱好者，他竟不顾自身情况而陪她去参加极限运动。

"可是，凉夏你知道吗？"关林修忽然抬起头，眼神涣散地盯着凉

169

凉夏与九秋

夏，"唐澄有心脏病——是在大一那年检查出来的。"

凉夏微微一惊，猜测道："那么，唐澄是因为……"

"是的。"关林修堵住了凉夏的话，因为他知道她猜到了什么，"户外蹦极，唐澄的生命止于此。"

室外吹来一阵风，撞击着过道上的玻璃窗，时间似乎就此凝住。凉夏心中有万千感慨，却找不到一个字来形容。

"凉夏……"不远处，一个发抖的声音响起。

凉夏回头一看，是九秋，不知何时她站在过道的那一头，听到了唐澄的死讯……

九秋无助地站在那里，泪流满面……

她们俩在青春时喜欢过的少年，如今，如今化为了尘埃……

同学聚会后，住在云城的三个人就回去了。

中途，关林修带着凉夏和九秋去了唐澄的墓地。

墓园有很多洁白的墓碑，然而，对比周边墓碑上白发苍苍的面容，只有唐澄墓碑上的照片里，是一张灿烂且稚嫩的脸庞。

凉夏和九秋买了唐澄生前最爱的鲜花，肃穆地站在墓前。

"唐澄的死，跟我们有关，对不对？"凉夏看着照片上的少年，他的音容还历历在目。

"没有关系，凉夏。"九秋的眼睛红肿起来，带着哭音说。

凉夏比她平静很多，淡淡地说道："可是……他会变成这个样子，跟我们……"

"没有关系的！凉夏！"九秋扭头，哪怕眼睛里含着泪水，眼神却很坚定，"在这场感情里，我们都是受害者，我们也经历过黑暗的生活，可我们挺过来了。唐澄……唐澄只是没有挺过来而已。"

九秋泪眼婆娑，她俯身抚摸着墓碑上的照片，努力使自己保持微笑："唐澄……唐澄只是去了更好的地方而已……"

凉夏恍惚地抬头，望着阴沉的天空，回想起与唐澄在一起的岁月，一切就好似梦境一样，轻易消散。

年少的唐澄那样温柔善良，让两个少女为之心动。

如今，他被深深地埋入地下，连带着两个少女最难忘的青春，全部埋葬……天边乌云翻滚，要下雨了……

墓园的外面，江瀚正在等待九秋。

看到两个女生失神地从墓地里出来，江瀚心疼不已："要下雨了，我们还要回云城呢。"

"你带九秋走吧。许青彦来云城了，一会儿过来接我。"凉夏走近江瀚，低声说，"好好照顾九秋。"

江瀚点点头。

"九秋，你跟江瀚先走吧。"凉夏拉了拉九秋的胳膊。

九秋像没有灵魂的躯壳一样，慢慢地往墓园外的那条马路走去。江瀚默默地跟在她的身后，就像守护者一样。

一直以来，江瀚都小心地守护着她。

看着他们走远，凉夏默默地叹了一口气，扭头望着那片墓园。

凉夏与九秋

唐澄，如果我现在原谅你，你能感受得到吗？

大风吹来，吹皱了凉夏的衣裳。

十多分钟后，凉夏的手机响了，是许青彦。

许青彦在电话里说："凉夏，我在路口。"

凉夏缓步走过去，看见许青彦倚着出租车等在马路边。

许青彦走过来，望着凉夏来的方向，问："这是……"

"见一个故人。"

凉夏回答着，轻轻地上了车。

是故人，只是无法再见。

陪着九秋回家的江瀚，能很清楚地感受到九秋身上的"低气压"。

她嘴上虽然说着唐澄的死与她们无关，但她内心深处还是在意的。毕竟，当年唐澄向她说明过，他自始至终喜欢的都是她，是她一直在逃避，还一直撮合他和他不喜欢的凉夏。

唐澄的死，跟她有逃不掉的干系，他后来喜欢的人还长得像九秋，这么久以来，他心心念念的人，始终是自己，那么他的死……

九秋不敢再想下去。

车上，看到九秋失神的样子，江瀚沉沉地叹了一口气。他伸手过去，握住九秋叠放在腿上的双手。

九秋缓缓地将手抽出来，无力地倚在一旁。

江瀚脸上虽然没显露过多情绪，但心里却起伏不断。

从郊区墓地回云城的路上，九秋一句话都没有说。下了车后，江瀚要送九秋进小区，却被九秋拒绝了。

"你这个样子，我不放心。"江瀚如实说。

"我想一个人静静。"九秋仍旧拒绝。

看着她失魂落魄的样子，江瀚脸上慢慢浮现出怒气。

终于，他忍不住了，一把将九秋拽住，不由分说地往某个方向走。

九秋没有心情对他发火，只是问："去哪里？"

江瀚将九秋拉到一个无人的角落："鹿九秋，你到底想怎样？"

"我能怎样？"九秋呆呆地问，双目无神。

江瀚目光严肃，声调铿锵地说道："你不是我见过的鹿九秋，她不该是你这个样子！我认识的鹿九秋，笑容美好，内心坚毅，不会因为意外而对自己耿耿于怀。"

"你是说唐澄的死？"九秋抬起头来，说道，"那不是意外，我脱不了关系的……"

"脱不了关系？鹿九秋，我被你拒绝这么多次，我说什么做什么了？"江瀚反问。

九秋一怔，缓缓地看向江瀚。

江瀚深吸一口气，说："九秋，唐澄的死跟你没关系，跟凉夏也没关系。是他自己不够勇敢！在发觉喜欢你的时候，他没有跟你说明白，没有跟凉夏说明白，为了能与你站在一起，不惜欺骗凉夏！他有什么好可怜的？在一切真相大白后，他做的第一件事情不是马上去请求凉夏的原谅，处理他带给你们姐妹俩的伤害，而是选择回避，躲到遥远的西北去！我真搞不懂，为什么你和凉夏会喜欢这样的人？为什么唐澄明知道自己有心脏

凉夏与九秋

病还去蹦极？你没必要往自己身上揽责任，又不是你逼他死的！"

"你不要这么说……"九秋泪流满面，请求道。

"我说的有错吗？"江瀚严厉地说，"你不要将道德枷锁绑在自己身上，因为这根本与你无关！九秋，唐澄与你和凉夏的关系，只是过去，如今，你和凉夏早早地从往事里走了出来，只有他还深陷其中，是他自己给自己带来了伤害，跟你们无关。你若是怜惜唐澄的死，在他忌日或每年清明的时候来看看他就好了。人已经死了，活着的人就不要再折磨自己了，不行吗？"

"可我心里……心里难过、害怕，我不知道该怎么办……"九秋摇着头，慢慢地靠向身后的墙。

江瀚走上去，温柔地将九秋揽入怀里，说："别怕，我会陪着你走过去的……"

九秋一头扎进江瀚怀中，感受到了切实的心安。

在失去凉夏的那些日子里，也是江瀚陪她走过来的……那时他什么也没说，她什么也不知道，但是，就那样走过来了……

这一次，也会吧？

"如果没有你，我不知道现在会是什么样子。所以，谢谢你，江瀚。"九秋说道。

在这个世界上，没有什么困难与悲伤是时间抹不去的，如果有，那就是时间还不够长。

凉夏并没有把唐澄的死归咎到自己身上，即使归咎了，她也会深深地埋在自己的心里，不让别人发现，也不让它影响自己的生活。

九秋没有凉夏那般勇敢，不善于将这些埋进心里，但还好，她有江瀚陪在身边。

时光如梭，不知不觉，凉夏和九秋都要毕业了。

凉夏在简映飞的帮助下，回了南市一所不错的学校做老师。

她在学校附近租了一套房，暂时没有和许青彦住在一起。她说需要等自己彻底稳定下来才会和他住在一起。许青彦也理解，于是他也只是偶尔串个门，给凉夏做一顿饭。

得知凉夏已经找好了工作，九秋在江瀚面前急得发慌。

江瀚问："要不，我们回南市？"

"回南市找什么工作？"九秋问。

当年选专业的时候，因为刚和凉夏闹过矛盾，所以她是随便选的，她并不喜欢自己这个专业。

读书的时候全在混日子了，压根儿就没学到什么，如今要实习了，九秋一下子就乱了方寸。

"如果重新给我一个机会，我一定选个自己喜欢的专业！好好学习绝不偷懒！"九秋仰天长叹。

江瀚捧着她的脑袋让她面对自己，问："决定好了吗？回不回去？"

"回！那里有凉夏，并且离家近。"九秋果断地说。

"那我去买票。"江瀚说着就掏出手机订票。

九秋趁此机会给凉夏打了个电话："小可爱，可以收留我吗？收留到我找到工作，我就搬出去，请你吃大餐！水电费我包！"

凉夏与九秋

凉夏道："你直接来就好了。"

"我就知道你最好了，亲亲！"九秋腻歪地挂上电话。正好，江瀚的车票也订好了。

"回去后，可不要后悔啊。"江瀚拿着手机在九秋的面前晃了晃。

"不后悔！"九秋坚定地说。

回到南市后的九秋一直住在凉夏租的房子里。

虽然是最好的朋友，但九秋也明白不能白住这个道理，所以她承包了所有的家务活，哪怕她做得并不算好。

凉夏问："你找工作了吗？"

"我在网上看了一下，觉得都挺不靠谱的。"九秋正在洗碗。

凉夏擦完桌子走过去帮九秋："那你可以找好方向，然后根据这个方向去找工作，可以在网上看看，顺便查查招聘公司的来历，或者，你也可以出去转转，看看外面一些公司、店面的招聘广告，现在公交车和地铁上都有招聘广告。"

"我会尽力的！"九秋表现得自信满满的，但心中却着实担忧。

凉夏笑了笑，拉开毛手毛脚的九秋，说："我来吧。你呀，别着急，慢慢来，哪怕你一年两年都找不到工作，我这里也永远有你的容身之处，大不了，我养你。"

"凉夏，你怎么这么好。"九秋从凉夏的身后抱住她，撒娇地说，"你放心，因为是朋友，所以我明白，我不能成为你的负担。谢谢你收留我、体谅我，凉夏。"

凉夏闻言，脸上浮现出温暖的笑，没有再说话。

为了不成为凉夏生活上的负担，九秋决心先随便找一份工作过渡，然后再从长计议。

"九秋，我说了你要是想工作，只要跟我说一声，我就可以帮你，你现在……"江瀚看到九秋在便利店收银，买东西的心情也没了。

九秋不服气地说："怎么？看不起收银的啊！"

"我不是这个意思，我是觉得这份工作对你没有什么帮助，让你成长不了。"江瀚解释。

"我开心不行吗？再说了，我做这个工作只是过渡，又不是一直做这个。我才不需要你帮忙，我要靠自己。"九秋信誓旦旦地说。

"好好好，你靠自己，我不拦你。"江瀚知道九秋的脾性，于是也不多嘴了，自顾自地跑去店里选零食。

结账时，九秋给他用袋子装好了零食，面无表情地说："您好，一共一百八十四元。"

江瀚付了钱，九秋把零食递给江瀚，江瀚没接，说："行了，本来就是给你买的，自己拿着吧。"说完，他便离开了便利店。

九秋低头看着零食袋里自己喜欢吃的零食，又望着江瀚离开的方向，嘴微微嘟着，却不是因为生气，而是因为自己方才对他的态度。她觉得脸有些烫。

九秋在便利店工作，凉夏也知道，只是没说什么。

而过了不久，因为遇到难缠的客人，九秋控制不住脾气跟客人吵了一架。然后，便自己请辞了。

凉夏与九秋

九秋拿着那么一点可怜巴巴的工资请凉夏吃饭，而凉夏还是抢在九秋前付了款。

凉夏看着有些萎靡不振的九秋，问："气馁了？"

"气馁倒是没有，只是管不住自己的脾气。"她无奈地摊手。

凉夏拍了拍九秋的肩膀，说："好好找一份能使你成长的工作吧，没关系，咱们可以慢慢来，试着先投投简历。"

九秋点了点头。

尔后的日子里，九秋每天细致筛选着各种招聘信息，而凉夏却被另一件事所困惑。

那天，许青彦说："凉夏，我们一起住吧。"

在同一个城市却分隔这么久，也怪难为许青彦的。凉夏没有拒绝，而考虑到目前九秋的处境，她又不便同意许青彦的提议，只是说，给她几天时间，她再回应。

许青彦明白凉夏的处境，想了想同意了。

正常的生活是个什么样的状态呢？

有朋友、有恋人、有工作、有努力的方向、有存在的价值、有需要变好的空间，这样的生活轨迹，似乎才是正常的。

原来人长大了，还是免不了随波逐流，因为既然来到了这个世界，就要学会在这个世界生存的方式，而生存的方式，有很多种。

这并不是不好，或者说，这是最好的一个现象。

常有人说，我不愿在这个世界里随波逐流，其实，那些不愿，只是不愿自己的初心跟随世界一起变化。

初心不改，一个人，才会快乐。

但是，却有很多人明白不了这个道理，在这个世界随波沉浮。

凉夏不愿成为这样的人，九秋也不愿。

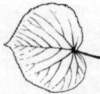

第三幕 婚纱

凉夏与九秋

1. 原来世界这样大

天微微亮，街上传来清洁工扫地的"沙沙"声。

向来喜欢睡懒觉的鹿九秋早已起床坐在镜子前面，正往脸上仔细地抹着打底霜。

前天她一口气投了五份简历，昨天就接到了三个通知她去参加面试的电话。为了给面试公司一个好的印象，她今天特意换上了职业装，化了一个清爽的淡妆。

她满怀期待地去参加面试，结果却让人大失所望！

公园里，九秋坐在长椅上，嘴里啃着江瀚买来的汉堡，高跟鞋松松垮垮地挂在脚上，一晃一晃的。

"一个月工资才两千块！两千块就算了，还跟我讲要做那么多事，我傻啊？"

"呵，第二家公司最搞笑了，全公司上下只有三十二个人，还那么大口气地质疑我的能力！谁给他的胆子？最后一家就更离谱了！规定我十年内不准结婚生小孩，我结婚生小孩关他何事？"

九秋一边啃汉堡包一边吐槽，激动时差点噎住。

江瀚拧开矿泉水瓶盖后将水递给她，九秋顺手接了过来，继续含混不清地说："不想上班了，想买彩票中五个亿，然后当一个什么也不用做的'废人'。"

"那你就真的会成为废人了。"江瀚说。

"你别挖苦我好不好？"九秋瞪他，她已经够可怜的了，江瀚还要这样说，他这种富人怎么会懂穷人的苦？

江瀚转移话题："接下来怎么办？"

"还能怎么办，在凉夏那里待着，继续找工作吧。"

"我也帮你看看吧。"

"打住。"九秋抬起手，瞟了江瀚一眼，"我不需要你帮忙，我靠我自己可以的。"

"有的时候靠别人也不是一件坏事。"江瀚说。

九秋哼了一声，说："我有我的骄傲。"

江瀚扭头，定定地看着九秋，说："在这个弱肉强食的竞争时代，一味地盲目骄傲有什么用？"

"非要挤进这个弱肉强食的食物链吗？"九秋反问，"我就不能在这个时代独善其身？名利是很重要，但并不是每个人都这么想。这个世界本就够喧嚣了，所有人都像无头苍蝇一样往名利场里面挤，也不缺我一个！"说着，九秋低着头，脸上是对这些现象不满的表情。

江瀚从九秋身上缓缓收回目光，没有作声。

他认识九秋这么多年，知道她是个什么样的人，这话从她口中说出来，他是理解的。

凉夏与九秋

江瀚静静地坐着，两只手掌握在一起，他说："有什么需要就叫我，你知道的，你的每个决定我都是支持的。"

"都这么久了，你还真是不嫌麻烦。"九秋嘟囔着喝了一口水，眼里却流过一丝不经意的动容。

是真的很多年了。

如果江瀚不跟她告白，她一定不会想到，从高中那一巴掌开始，他就已经在意她了。

原来这么多年来，也有人一直在她背后默默地守护她、关爱她，伴着她成长。

九秋是感动的。可是感动归感动，她总是过不了自己心里的那道坎，去接受江瀚的感情。虽然她已经习惯了江瀚在自己身边。如果哪天江瀚离开了，她真的不知道该怎么办。

至于江瀚，他明白九秋在害怕什么，在躲避什么，他愿意给自己时间等她，也愿意给她时间接受自己。他相信，他可以的。

要离开住了半年的屋子了。

凉夏有些舍不得，她站在窗前，细细擦着多肉植物上沾的灰尘，嘴角噙着浅浅的笑。

九秋开门进来，耷拉着脑袋："凉夏，我的面试结果很不好。"

凉夏回答得牛头不对马嘴："饭菜在锅里。"

"凉夏，我的面试结果很不好！"九秋站在客厅中央，强调了一遍，她不悦地嘟着嘴，一副需要安慰的样子。

凉夏走过来，伸手抱了抱九秋，然后用双手捧着她的脸，说："我等会儿跟你说件事，估计会对你打击很大，你要做好心理准备。"

"你不爱我了？"九秋故作委屈。

凉夏脸上的笑意更深，她径直开口："我要去跟许青彦同居了。"

九秋震惊地看着凉夏。凉夏继而安慰她道："不过这个房子我多交了三个月的房租，你还能在这里免费住三个月。三个月你应该可以找到工作了吧？"

九秋只觉浑身无力，她走向沙发，瘫倒在上面，看破红尘般地说道："人到底为什么要努力活在这个世界上啊，到头来不还是都会化成黄土一抔吗？"

"看来你真是被打击得够惨啊。"凉夏笑着在她旁边坐下，给她倒了一杯水。

"算了，姐不在意。"九秋大手一挥，豪迈地说。不出片刻，她爬起来，端起茶水牛饮而下，旋即又扑到凉夏面前，好奇地问："你要和许青彦住一起，是你提出来的，还是他提出来的？"

"他提出来的，他说两个人在一起，方便照应。"

九秋撇嘴道："真的只是方便照应？"

"你瞎想什么呢？"凉夏戳了戳九秋的额头，无奈地说。

"我啥也没想啊。"九秋趴在沙发上，嘿嘿地对凉夏笑着，"如今你和男朋友要住一起了，你的人生快要圆满了吧？"

"住一起算什么？连开始都算不上，更别谈什么圆满了。"凉夏笑了笑，话说得有些深沉。

凉夏与九秋

九秋明白她的意思，住一起才是检验两个人感情的开始。情侣两人住在一起，人身上的缺点会被放大，如果这个时候仍能做到感情如初，才算真正经过感情的考验。

许青彦追求凉夏的道路太顺畅了，九秋还有些害怕许青彦不会珍惜凉夏，这次他们住一起，倒是能很好地检验他们二人之间的感情。

没几天，凉夏就搬出去了，一室一厅的出租房变得空荡荡的。

九秋又去配了一把钥匙，她把新配的钥匙递给江瀚的时候，像是一个慵懒而极富魅力的女王："钥匙给你，貌美如花的我如果碰到入室抢劫或者忽然晕倒在家的情况，至少还有个男人来搭把手。"

江瀚默默地接过钥匙，握在手心时就像握了一个宝贝。

凉夏曾在私底下跟江瀚说："我始终觉得，九秋潜意识里已经接受了你。只是她现在是个很不稳定的人，心不稳定、工作不稳定、生活不稳定，连自己想做的事情都没有确定下来。这么一个在风雨里飘摇的人，一定很难说服自己给你一个明确的答复吧。"

那时的江瀚放下手里的咖啡，微微抬头望着窗外的风景。窗外是一片青翠的植物与碧蓝的天空，偶尔有两只鸟雀飞过。他的嘴角带着淡淡的笑，说："没关系，我愿意等。"

七年都等过来了，还怕什么呢？反正他还年轻，不是吗？

江瀚坚信，他一定会等到九秋的。

全世界的人都看得出江瀚对九秋的真心，只有九秋故意钻在牛角尖里，不肯出来。

"所以现在，九秋一个人住在那里，江瀚偶尔会去看看她？"帮凉夏揉面粉的许青彦问。

"你也知道，我之前住在那里的时候，江瀚就经常来看我和九秋。啊，不对，应该只是看九秋，只是碍于我在，每次买东西都买了两份。唉，我走得很对啊，给他们留点空间吧。"凉夏不由得笑了笑，又伸手道，"我袖子滑下来了，帮我挽一下。"

许青彦用一只手夹住凉夏的胳膊，另一只手推着凉夏的衣袖往上——他的手满是白花花的面粉，只能这样帮她。

凉夏搬到许青彦这里已经一周了，两个人的生活就像老夫老妻一样，凉夏喜欢这样柔和的时光。

许青彦的这间房子，房租两千，他没让凉夏出一分钱。

然而，凉夏认为，还未结婚，不能什么钱都用许青彦的，因此，水电费和平时的生活费，都是由凉夏负责，至于家务活，则是许青彦和凉夏一起分担。

许青彦懂得凉夏的想法，也愿意和她按照这样的方式生活，因为他之所以想和凉夏在一起，就是为了与她共享余生里的每一寸时光，以及每一份喜怒哀乐和酸甜苦辣。

同居的这一周，凉夏觉得能遇见许青彦，是自己的幸运。

和许青彦住在一起的第十五天，九秋打来电话找凉夏哭诉。

彼时，凉夏正在给许青彦做晚饭，九秋在电话那头咆哮道："我不要去找工作了！烦死了！"

凉夏与九秋

"又怎么了？"凉夏关了火，走到客厅的窗前，问。

九秋烦恼地说："为什么你们的运气都那么好？一毕业就能找到工作，而我碰了这么多次壁，还是没有成功？"

"你上次不是说已经找到了一份工作吗？"

想到这里，九秋就恨得牙痒痒，说："别提了！本来之前我们组长要把一个还不错的项目交到我手里，让我完成后续工作，但是和我一起进公司的那个女人耍手段把我的项目拿走了！我气得打了她一巴掌，然后我就辞职没干了。"

凉夏不知道该说什么，此时恰逢许青彦下班回家，凉夏指了指自己手里的手机，又指了指厨房的方向。许青彦会意，点点头，脱下外套就钻进了厨房。

"九秋，你要是不喜欢，不在那里做就好了，下次不要打人啦。你看看你，上次骂人，这次打人，你这脾气，怎么去跟别人打交道啊。"凉夏无可奈何地说。

"我知道打人不对，还要赔医药费，我下次会克制自己的。"

凉夏抚了抚额，又问："你赔了医药费，身上的钱没多少了吧？我挂了电话马上就给你汇点钱过去。"

"唉，所以说为什么我没有你不行呢，你总是这么爱我。"九秋的声音里满是喜悦，凉夏不由得笑了起来。但是，电话那边的九秋很快又说，"不过，这次不用啦，你毕竟是和许青彦两个人生活，我不能一直麻烦你，你已经帮我垫了房租了，医药费的钱，江瀚已经借给我了。"

"你们俩……"

"我们俩还是那样，我已经想好了，我要是能接受江瀚那就最好，如果到最后没能接受江瀚，我一定帮他找一个对他忠贞不二的'白富美'，并且余生随叫随到！当作是我对不住他的补偿。"九秋振振有词。

"行行行，你现在还是先不要考虑这件事了，好好想想自己的生存大事吧。"凉夏及时把话题重点拉回来。

"是，林大小姐说的是！我这就重新去找工作，不打扰林大小姐和许先生的二人世界了。"九秋不等凉夏回答，就挂了电话。

凉夏看到退出通话界面的手机屏幕，忍不住叹了一口气。

"是九秋？"许青彦端出了第一盘菜。

"嗯。"凉夏走过去帮忙，不知是该笑还是该气，"不满别人用手段抢走她的项目，辞职了。"

将筷子摆放好、米饭盛好，许青彦和凉夏坐了下来。

许青彦边吃饭边说："九秋真是一匹脱缰的野马，也许，她这样的性格不适合这个社会。"

"照她现在的话来说，她不喜欢这个浮躁的世界，又没有勇气去过自己想要的生活，她还需要时间呢。"凉夏撇了撇嘴，摇摇头。

许青彦看向凉夏，笑说："我也一直觉得，你不喜欢且不适合这个浮躁的世界。"

"哦？怎么说？"凉夏鼓着腮帮子，好奇地看着许青彦。

许青彦低头用筷子轻轻戳着碗里的饭，说："我一直觉得，像你这种有着如此干净的眼睛和纯真眼神的人，是不属于这个浮躁的世界的。一直以来，你是个未入世的人，至于九秋，应该是入世后，想要出世的人。"

凉夏与九秋

凉夏听着，脸上露出笑意，忍不住打趣许青彦："我以为你是个不爱说好听的话的人，没想到，还会说出让我这么喜欢的话来。"

许青彦不好意思地笑笑，错开话题："吃饭吧。"

凉夏赶紧往嘴里扒了几口白米饭，借用吃饭的动作掩饰自己内心的欢喜。这顿饭，凉夏吃得很香。

凉夏的生活步入正轨，可是九秋的生活还是一塌糊涂。糊涂到她都要怀疑人生了。

再一次被一家公司拒之门外后，九秋在房间里宅了三天，像个疯婆子一样不洗澡不洗头。如果不是江瀚三天没有联系到九秋，过来看一看，还真以为九秋遭人绑架了。

江瀚从衣柜里挑了一套衣服出来，扔在九秋的身上，面无表情地说："去洗澡换衣服，我带你出去。"

"不想出去……"九秋翻了个身，压在衣服上面。

江瀚耐心地说："我带你出去吃点东西，散个心，总好过一个人待在家里。万一憋出病来了怎么办？"

"不出去！"九秋倔强地说，她第一次怀疑自己是个超级无用之人。

"鹿九秋，你真是变得越来越无能了。"江瀚冷冷地说。

九秋猛地坐起来，眼中透出格外犀利的目光说道："你说什么？再说一次？"

"说你无能、无用，一无是处。"江瀚毫不客气地讽刺道。

"你才一无是处呢！你懂什么啊！"九秋暴跳如雷，逼近江瀚，睁大眼睛瞪着他。

江瀚看着她的双眼，说："胡说，我有一是处。"

"哦？说来听听。"九秋双手环胸，充满嘲笑意味。

江瀚的嘴角微微翘起，露出一丝冷笑。忽然，他伸出手，单手揽住九秋的后脑勺，不由分说地吻了下去。

他至少有一是处，便是吻她，只要他想吻她，绝不会在意任何时间、场合。

那一吻落下的时候，鹿九秋惊得一把推开江瀚，连连后退，指着他语无伦次地说："你……你……你……"

"我……我……我……"江瀚漠然地学着她说话，"我在外面等你，你赶紧洗漱好出来。我只给你一个小时，一个小时你没准备好，我再进来吻你一次。"

"江瀚！"九秋的脸"唰"地变得通红。

江瀚从容不迫地转身，出门时顺便还带上了卧室的门。

九秋浑身像被抽去力气，呆呆地站在卧室里。良久，她赶紧光速换好衣服，又飞奔进浴室洗漱。

坐在客厅沙发上的江瀚淡定地看着手里的杂志，九秋飞奔进浴室时，他只懒懒地抬头看了一眼，嘴角的笑似有若无。

在江瀚的威胁之下，九秋只花了十几分钟就把自己收拾好了。

看到焕然一新的九秋出现在眼前，江瀚合上手里的书，说："很好。"说完，他站起来，边往外走边说："走吧。"

凉夏与九秋

　　"江瀚，你很得意吧，了不起吗？臭流氓！"九秋走在他身后，骂骂咧咧的。

　　然而，江瀚一句也没有反驳，嘴角的笑意更深了。

　　江瀚把九秋带出去，其实也没去什么地方，只是到南市最大的商城逛了逛，吃了点东西，顺便让九秋看看这里的人活得有多么的光鲜亮丽。

　　九秋随着江瀚走着，看着琳琅满目的橱窗，忽然，有一个想法在脑海里生成。

　　九秋忽然抓住江瀚的胳膊，两眼放光。

　　"江瀚，既然找不到工作，我就自己创业吧！"

2.我们的生活看起来好像都不顺利

九秋是个行动派。

她不知道从什么地方淘来许多女装堆积在家里。每一件服装她都穿在自己身上，让江瀚给她拍下照片，贴在QQ空间以及微信朋友圈。

凉夏看到九秋发布的图文信息，立马给她打电话询问情况。

"没错！姐姐我要创业了！"九秋在电话里意气风发地说，随后，又故意含混不清地道，"凉夏，买衣服吗？给你打折哦！"

"挣我的钱你有成就感吗？"凉夏撇嘴。

"没有。"九秋诚实地说，旋即又道，"要不你在学校帮我宣传宣传？反正你们学校那些女大学生都要买衣服吧……"

"我试试看吧。"凉夏说完挂上电话，头疼地捂住了额头。

凉夏在A大任职教书。A大是简映飞曾经就读的大学，简映飞的爸爸是这所学校的股东。

为了帮九秋，凉夏在每个班上课前都会先在黑板上写上九秋的QQ和微信号，说："这是我朋友，卖女装的，女生们和有女朋友的男生们有兴趣都可以了解一下。我身上这套就是在我朋友那里买的。"

凉夏与九秋

　　她今天特意换上了一套搭配得体的服装，大一的女生们初次接触大学生活，对一切都保持着好奇感。更何况，爱美是女生的天性，她们的老师又这么漂亮，自然而然也想让自己变得更漂亮。

　　凉夏每次帮九秋宣传的时候，底下都会有男生打趣地问："林老师，你朋友跟你一样美吗？"

　　"你林老师是静如处子，她是动若脱兔，你说美不美？"凉夏现在，也习惯了与更年轻的群体相处，所以说话的时候，总会带一点幽默的味道。此话一出，全班哄堂大笑，男生拍着桌子，兴奋地道："那好！喜欢，我喜欢！"

　　其实，客户本身就是最有效的广告。凉夏的学生在九秋那里买了衣服后，一传十、十传百，九秋的生意做得风生水起。

　　为了犒劳凉夏这个大恩人，九秋做东，请大家去吃火锅。

　　火锅沸腾着，热气滚滚遮挡住了他们的视线。

　　江瀚一边把菜下到火锅里，一边把煮好的肉夹到九秋的碗里。凉夏侧头看了一眼吃得正香的许青彦，脸上露出复杂的神情。

　　察觉到凉夏在看自己，许青彦抬起头，看了看她，又看了看江瀚，默默地端起凉夏的碗给她夹肉。

　　九秋在对座看着，哈哈地笑了出来。

　　"笑什么笑？不是说赚钱了吗？结果请我们来这么一破地方吃火锅。"凉夏不客气地说。

　　许青彦把碗放在凉夏面前，不明就里地说："味道挺好的。"

　　凉夏语塞，九秋又笑了起来，一边笑一边故意说："不得了，现在有的人生活变好了，看不起这破地方的火锅了。"

"鹿九秋，你说谁呢。"凉夏不悦。

"哎呀，我好怕，凉夏什么时候变得这么凶了。"九秋故意拍拍胸脯，假装被吓到。

凉夏懒得跟她说话，低着头吃着碗里烫好的食物。

一顿火锅，充斥着奇怪的氛围。

吃完后，凉夏和许青彦一起回家。南市的秋天像是一个阴晴不定的小孩，昨天最高气温有30 ℃，今天就只有20 ℃了。

"呼，这鬼天气。"凉夏挽着许青彦的胳膊，将身体更靠近他一点，好暖和一些。

许青彦今天也穿得少，没法把外套脱下来给凉夏。他把凉夏拉近一点，然后握住她的手想给她暖和暖和。

凉夏靠着许青彦，心里有些温暖。

"如果很冷，咱们就坐出租车回去吧。"走了片刻，许青彦停下来，侧头对凉夏说。

凉夏靠着他，说："不用了，就这样走走吧。"

对凉夏而言，谈恋爱最好的状态就是两个人过细水长流的日子，能有机会一起散散步，一起泡个茶，一起去看这个世界的风景。

许青彦现在就是这样一个人，但是凉夏怕他以后不是这样的人，怕他们两个都会被现实打败。所以，她很珍惜现在两人在一起的每一刻。

"凉夏。"许青彦想了想，还是决定将心里的话说出来，"我想带你回去见我父母。"

凉夏与九秋

凉夏闻言，忽然驻足，缓缓地将手从许青彦的胳膊里抽出来，说："我没有准备好。"

许青彦安慰凉夏："不用准备，一切有我在，你平时是什么样子就什么样子好了。"

"我不是说那个，我是说我心里还没有做好以你女朋友的身份去见你父母的准备。"对凉夏而言，她虽然喜欢许青彦，喜欢和他在一起，但是还没到心里十分肯定要跟他结婚的地步。

说白了，就只是喜欢而已，算不上爱。

"凉夏，我们在一起有一年多了。"

一年很长吗？不长，凉夏用了十年才看清唐澄的内心，她和许青彦在一起才一年而已。

"许青彦，我跟你讲个故事吧。"凉夏转身坐在路边的石凳上，她打算把自己那段算得上是耻辱的感情跟许青彦坦白，"你知道我曾经跟九秋冷战过两年，跟你认识的那一天刚刚和好吗？"

"你们……"许青彦只知道凉夏和九秋从小一起长大，是彼此生命中很重要的人。

凉夏回忆过往时，内心仍有感触，即便很细微。她说："我跟九秋喜欢过同一个人，那个人叫唐澄，现在他大概变成天上的一颗星星了。"说着，凉夏抬起头，看着夜空沉思。

许青彦一怔，在凉夏身边坐下，他想起前段时间，自己去云城接她，她从墓地回来的情景。

凉夏继续说："八岁那年，我和九秋第一次见到唐澄，我们都对唐澄有些动心，但是唐澄一开始喜欢的就是九秋。然而，自那之后的十年，九秋为了完成我的心愿，为了让我和唐澄在一起，对她喜欢唐澄这件事闭口不提，还一直撮合我们。唐澄呢……就更可笑了，他为了有机会和九秋说话、接触，于是一直假装喜欢我，在九秋最好的朋友——我的身边待了整整十年。十年后，我向唐澄表白，他的隐忍与耐心终于消耗殆尽，叫我认清事实，说他从始至终喜欢的都不是我。他说他对不起我，可是这十年的欺骗，一句对不起就能解决吗？不能。阿彦，一年很长吗？不长，十年呢……十年就很长了。"

"所以，你到现在内心深处没有完全接受我，跟这件事有关？"许青彦问。

凉夏笑了笑，神色黯然地说："虽然听起来很可笑，但确实就是这样。我们都是成年人，不是小孩子了，应该知道，再感人的海誓山盟也有破灭的一天，再深的感情也有缘尽的一天。很多事情不是说好怎样，就能怎样的。阿彦，我在努力，我不知道还要努力多久。如果你等不到那一天就离开了，我一定不会怪你。因为我知道，我没有任何权利将你绑在我身边，我会真心祝福你的。"

"可你这么说，我会难过的。"许青彦抓着凉夏的手，凉夏偏过头来看他，清秀的脸庞滑过一滴眼泪。

许青彦说："你对我说这些，我很感动，我也理解你。凉夏，我也不知道我们的未来会怎么样，但是我会做好当下，你不愿意的事情我一定不会勉强你，只要你偶尔给我一点甜蜜，我就觉得此生满足了。我们都还年轻对不对？什么见父母啊，什么结婚啊，以后再说吧。不过，只要你某

凉夏与九秋

一天忽然告诉我，你想见我父母了，或者你想带我回去见你父母了，或者……你想结婚了，只要你上一秒说，下一秒，我就把一切办好。"

许青彦总是这样，永远都会包容她和体谅她。

凉夏有时候脑袋发热想跟许青彦吵吵架，许青彦都不给她机会。可是，他这么好，会让她自责的……

凉夏擦了擦泪，靠在许青彦的怀里，喃喃道："别对我太好，不然如果哪一天我们分开了，我一定活不成了……"

许青彦揉了揉凉夏的头发，将她抱得紧紧的："我那样喜欢你，怎么会让你活不成呢？"

你是我的全部啊。

许青彦上门去找九秋。之前许青彦与凉夏的恋爱都太生活化了，一点刺激、情趣、浪漫都没有。

九秋给许青彦开门的时候，乱糟糟的头发上插着圆珠笔，她身后的地板上铺满了翻出来的衣服。

"怎么了？"许青彦吃惊地看着一地狼藉。

九秋似乎遇到了困难，她皱着眉招招手道："你先进来随便找个地方坐吧。"

然后，她又跑到电脑前，一边敲击电脑键盘一边打电话："喂？美女啊，这事我一定给你处理好成吗？你、你先把你朋友圈那条信息删了，我答应给你退款。"

不知道对方说了什么，九秋尖着嗓子道："不是，你这人怎么这样呢？你故意的是吧！我……我发错货了是我的失误，我道歉了，也承诺退款并赔偿了，你怎么还咄咄逼人啊！哪个做生意的没失误过，大家互相体谅一下不好吗？"

听着九秋接电话，许青彦瞪大眼睛。下一刻，九秋怒火攻心，大吼一声："去死吧！"然后"啪"地将手机摔在地上。

许青彦帮九秋把手机捡起来，发现手机屏幕都摔裂了。

"发生什么事了？"许青彦问。

"不要脸！就是想讹我！"九秋抓着头发，愤愤地坐在凳子上，气得吭哧吭哧直喘气。

看来，九秋暂时是顾及不到他了。许青彦找了个地方坐下，给凉夏和江瀚各发了消息："来九秋这里吧，出事了。"

"许青彦，你找我有啥事吗？"愠怒中，九秋抬头问。

"小事，看你这么忙，我觉得没必要说了。"

闻言，九秋走向他，浑身像在冒火："这是我二十多年来遇到的最奇葩的人！她说她在我这里买到了滑了线的衣服，要求退货！我不仅答应退了，还诚恳地跟她道歉并进行赔偿，谁知道，她嘴上说好，背地里却发了诋毁我家衣服的信息到朋友圈，最后还反过来咬我一口，说我家衣服质量差，说我骗人还态度不好！拜托！我卖了这么多衣服，我们家衣服怎么样，我态度怎么样，我要她来告诉我啊？"

"看起来，真是对方故意找碴。"许青彦附和道。

"什么'真是'？分明就是！"九秋气呼呼地在衣服堆里坐下。看样子，要让她平息怒气，只能等凉夏和江瀚来了。

凉夏与九秋

"对了，你找我到底有什么事？你赶紧说吧，别吊我胃口，我还能因为这件事迁怒你不成？"九秋又问许青彦的来意。

许青彦想了想，还是决定说出来："我只是觉得，自从凉夏跟着我，从来没给过她什么比较有情趣和浪漫的东西，所以想来你这里讨教讨教，毕竟你最了解她。"

"真是让人羡慕。"九秋的话有点讽刺，却是善意的。她眉毛一挑，说，"凉夏是个很容易讨好的人，哪怕你俗不可耐地买一束玫瑰花，来一份烛光晚餐，她都能感动得稀里哗啦。拜托，许青彦，凉夏只要喜欢你，对你来说她就变成了这个世界上最容易讨好的女人，只要你稍微动点心思，就可以了。"

"看来我还真是该多学学。"许青彦摸着下巴，认真思考的样子既可爱又搞笑。

九秋眼珠一转，八卦地打探："喂，我一直没问，你们住在一起，是不是已经……"九秋挑眉，一脸不怀好意地笑着，"生米煮成熟饭了？"

许青彦摇了摇头，说："我们分开睡的。"

九秋无言以对，半晌，恨铁不成钢地说："你们分开睡跟分居有什么不一样？"

许青彦又说："我不会强迫凉夏的。"

"榆木脑袋！"九秋抓起包装好的衣服朝许青彦砸过去，说，"主动点啊！相信我！凉夏绝对不会拒绝的！她只是脸皮薄，只要你主动一点，她会喜欢的。"

这次换许青彦无言以对了。

"反正你们都是男女朋友了对不对？要注意增进感情嘛。"九秋笑得颇有深意，许青彦的脸颊微微发烫，正当他不知道说什么好的时候，敲门声忽然响起。

"凉夏和江瀚来了。"许青彦连忙转移话题。

"你把他们叫来了？"九秋惊讶地站起来，忙去开了门。

果然是那两个人。

一见到九秋，凉夏就着急地问："怎么了？出什么事了？"

看到房间里的一片狼藉，凉夏心里大概猜到了，试探地看向许青彦："工作？"

许青彦默默地点头。

"我不想干了。"九秋仍旧坐在衣服堆里，赌气地说，"那些姑奶奶太难伺候了。"

江瀚踮起脚尖穿过满地的衣物，熟稔地在饮水机前接水喝。凉夏走到九秋面前，安慰道："九秋啊，别赌气了，做生意总会遇到让你不愉快的事，熬过去不就好了吗？"

九秋看着凌乱的房间，对凉夏说："这要做生意的人的性格吧，我觉得以我的性格做不来这些。"

"九秋！"凉夏皱了皱眉，"就会胡说，遇到点挫折就撂挑子不干了？你以后做什么事遇到困难是不是都要放弃啊？鹿九秋，你怎么变得这么没用了？"

"连你也这么说我？"九秋气得瞪着凉夏。

"她这么说有什么错吗？"江瀚在一旁接过话，"以前的鹿九秋能因

凉夏与九秋

为朋友的一句话而挑灯夜读，最终考上心仪的高中。如今只是工作上遇到一点困难，就这么怨天尤人，想着逃避，我看你就是胆小，无才无能。"

九秋"腾"地站起来，杀气腾腾地叉着腰，指着江瀚："你懂什么！你知道那个人怎么骂我的吗？"

江瀚却冷笑一声，说："哦，原来是你遇到了对手。我们的鹿九秋大小姐竟然骂不过别人？"

战争似乎一触即发，凉夏与许青彦面面相觑，都不敢作声。

"你那么有能耐，你去骂啊，我卖衣服我不要口碑啊。"九秋继续朝江瀚"开火"。哪知江瀚朝九秋伸出手，说："电话号码给我。"

九秋眼睛动了动，她不知道江瀚要干什么，但源于看好戏的心理，还是把手机递给了他。江瀚看着九秋手机上的通话记录，用自己的手机把那串号码拨了出去。

在场三人屏息以待，只见江瀚开启扩音功能，默默地等待电话接通。

只那么一瞬间，听到女人的"喂"声后，江瀚的面部表情狰狞起来，骂人的话语像断线的珠子咕噜噜不停："喂，有能耐了是吧？怎么着，寻思着给你一双翅膀要上天？竟然敢在外面给我胡来！"

电话那边的女人愣了好久，忽然嚷起来："你是谁啊？莫名其妙！"

江瀚声色俱厉地说："我是谁？我是你大爷！"

说完，江瀚将电话挂上，朝鹿九秋看去。

现场一片安静，每个人都被江瀚镇住了。这个在他们当中最冷静最冷淡最明事理的江瀚，骂起人来居然这么厉害！

愣神的九秋忽然哈哈大笑起来，抓着江瀚的手，笑得一抽一抽的，捂着肚子断断续续地说：“天啊……哈哈哈！江瀚你……哈哈哈！”

凉夏与许青彦对视一眼，心里都明白了什么，无奈一笑。

这世上，最懂九秋的恐怕就是江瀚吧，江瀚知道九秋在什么时候需要朋友如何帮助她。在这个时候，九秋需要的不是讲道理，而是有人能和她站在一起，同仇敌忾。

江瀚深知这一点，并且，不顾形象地去做了。

九秋曾对凉夏说：“我总觉得江瀚是个神人，他能猜透我内心想的是什么。”

如此看来，确实是这样。

但是遇到江瀚，对九秋来说，是喜是忧呢？

凉夏与九秋

3. 你的用心是最好的温柔

九秋本来就没想过放弃，说那些话只是一时赌气。

在江瀚不动声色的陪伴与安慰下，九秋很快振作起来，将所有的误会亲自向她的客户解释清楚。

从九秋家回去的路上，凉夏在许青彦身边由衷地感慨："要是哪天九秋能幡然醒悟，和江瀚在一起了，我一定要给我的祖宗十八代和九秋的祖宗十八代烧一炷高香，感谢他们！"

"你也太夸张了。"许青彦说。

"不夸张。"凉夏挽着许青彦的手。

忽然，胳膊底下的肉被拧痛，许青彦"嘶"了一声，瞬间抽出胳膊，诧异地看着凉夏："你干什么？"

凉夏的表情充满探究，她问："我问你啊，你为什么会单独出现在九秋的房间里？"

完了……忘了还有这一茬。

许青彦心虚地躲开目光，支支吾吾地说："我……就是……"

有情况！凉夏的表情更显谨慎，问："就是什么？"

"就是有点事情想麻烦九秋。"许青彦摸了摸脑袋，心忐忑地跳起来，感觉一不小心说错话，凉夏就会灭了他。

"是吗？有什么事情需要麻烦九秋？"凉夏刨根问底。

许青彦不知道该怎么办，只说："就是……就是先不能让你知道。"

不能让她知道？难道是想给她准备什么惊喜？

最近又没有什么节日，也不是自己的生日。再说了，就算是自己的生日，许青彦也准备不了什么惊喜。她还记得上一次她的生日，如果不是自己亲自打电话过去，许青彦就差点忘记了。

"你不说我就不理你了……"凉夏别过头，有些生气。

"别别别，凉夏，我说。"许青彦当然不能告诉凉夏，他是在问九秋要准备什么惊喜给凉夏，凉夏才会开心。所以，许青彦说了另外一件事，"我……就是想问九秋……我要怎样跟你开口，你才会同意让我跟你睡在一起……"

许青彦耍了点小心机，这件事也的确是他想知道的。

背对许青彦的凉夏，"唰"地红了脸，可因为心里窃喜，不由得暗暗笑了起来。

"这个啊。"凉夏压着笑意，说，"看我心情咯。"

"那你今晚心情会很好吗？"许青彦顺势问。

凉夏的笑意更深，可她不能让许青彦看见，便说："看情况吧。"说完，自顾自地往住处走去。许青彦在后面松了一口气，慢慢地跟上凉夏，没有再说话。

凉夏与九秋

夜晚，星星遍布整个夜空。

没有得到凉夏进房允许的许青彦仍旧睡在书房。

然而，不一会儿，凉夏却径直走到许青彦的书房，从他脑袋下抽出枕头，面无表情地看着他："我心情好。"说完，她就回了卧室。

许青彦愣了片刻，终于反应过来，脸上浮现出藏不住的笑。

他来到卧室，看见凉夏在帮他铺枕头。铺完后，凉夏拍拍手，说："我困了，还不关门？"

"哦……哦！"许青彦有些笨拙地将门关上……

那一晚之后，许青彦与凉夏之间的感情似乎变得更深了。

彼此间的眼神交流都暧昧无比。

第二天晚上，许青彦与凉夏吃完饭，许青彦洗碗，凉夏去洗澡，洗完澡后坐在沙发上看电视。

许青彦收拾完后，也去冲了个澡。出来时见凉夏还坐在沙发上，于是从沙发后面翻过去，坐在凉夏旁边，身体微微朝前倾。

凉夏嬉闹着躲闪，却被许青彦压在身下。凉夏说："别闹啦。"

"我没闹。"许青彦从裤兜里掏出一样东西，咬在了唇间，凉夏见了，脸"腾"地红透。

"今晚我做好了一切准备。"许青彦在凉夏耳边呢喃，另一只手已经拿起了遥控器，将电视的音量渐渐调大……

凉夏把这件事情告诉九秋的时候，九秋围着房间兴奋地跑了好几圈。

随后，九秋暗喜地问：“你们做好了安全措施吗？”

“做好了，因为我们还不想这么早结婚或者要孩子。”凉夏说。

“天啊。”九秋捧着凉夏的脸，感慨地说，“怎么觉得我们家凉夏一夜之间变成大人了呢？”

“胡说什么？”凉夏笑着伸手去打九秋。

九秋灵活地避开，说：“我们家凉夏有了一个可以托付终身的男人，生活步入正轨了。我呢，已经把上次的事情解决了，现在工作也没什么问题。凉夏，我们一定会越变越好吧？”

无论是个人生活，还是面对这个世界的心态，都一定会越变越好的，对吧？

“会的。”凉夏将九秋拉过来，说，“如果你也能找到自己的幸福，那就更完美了。”

“可是我有一件事不太明白。”九秋疑惑地问，“一个人真的要找到另一半了，生活才算得上完美吗？”

凉夏浅浅地笑着，摇了摇头说道：“有的人喜欢一个人生活，那么一个人生活对他们来说也是完美。所以，生活完美和能不能找到伴侣没什么关系，有关系的，是自己过得开心、坦荡，没有忧愁与压力，没有挂念与疾病。”

“我也这么觉得。”九秋在凉夏身边坐下，将头靠在她的肩头，说着自己的计划，“我想再卖几年衣服，等二十六岁的时候，我就去外面闯闯，去所有自己想去的地方。”

“那江瀚呢？”凉夏问。凉夏只是觉得，江瀚等了九秋这么多年，无

凉夏与九秋

论结局如何，九秋都应该给江瀚一个答复。

"我会在那之前给江瀚一个答复的。唉，凉夏，我一直这么拖着江瀚，是不是太不道德了？"九秋担心地问。

"是的。"凉夏毫不犹豫地回答。

九秋愁眉苦脸地叹了一口气，手里握着手机，说："要不，我现在就给江瀚一个答复？"

"如果是不好的答复，就不要给了，这些年你不是没给过这些答复，但是江瀚哪一次认真听了？他认定你虽然嘴上拒绝他，但心里是带着犹豫的，所以哪怕你现在拒绝，他也不会离开。如果你们之间真的有缘无分，到了那个时候，江瀚自己会明白的。"九秋不知道凉夏和江瀚有时候会私底下约出去谈心，江瀚的许多秘密九秋不知道，但是凉夏知道，所以对于江瀚喜欢九秋的决心，凉夏比九秋还要明白。

"唉，心里好烦啊。对了，凉夏，你们什么时候放假？"

"一月四号，我就没课了。"

"那咱们早点回去吧，我想家了，想我爸妈了。"九秋心里惆怅不已，同凉夏一起看着阳台外的风景。

如果世事不那么复杂就好了，这样的话，九秋就可以做一个真正无忧无虑的人了。

冬天，云城。

南市离云城不远，但是九秋和凉夏仍旧忙得半年才能回一次家。

以往回到家，家里的亲朋好友都会问："学习成绩怎么样啊？考哪所学校啊？"

现在回到家，他们都会问："做什么工作啊？有没有男朋友啊？"

七大姑八大姨老爱问这些问题，好像得到一个满意的答案他们家就能中大奖一样。这些大人真八卦！

为了躲避那些大人，九秋来到了凉夏家里，殊不知，凉夏爸爸也在催凉夏赶紧找一个男朋友。

凉夏妈妈在旁边反对说："找什么男朋友？我女儿还这么年轻，你想她赶快嫁出去吗？"

作为一个早嫁的姑娘，凉夏妈妈最有发言权了，对凉夏说："凉夏，别听你爸的，你三十岁结婚，你妈我都不催你。"

"三十岁，那不成老姑娘了？"凉夏爸爸反驳。

"老姑娘？三十岁就是老姑娘，那我现在是不是就是老奶奶了？怎么，老林，嫌我老了不爱我了？"凉夏妈妈的嘴巴跟机关枪似的，把门边的九秋都逗笑了。

"嘿？九秋你来得正好，你来给阿姨评评理。"凉夏妈妈好似找到了帮手，腰板挺得笔直。

九秋笑呵呵地说："阿姨，胡说什么呢，你这么美，怎么会是老奶奶？分明就是小姑娘。"

"还是九秋会说话。"凉夏妈妈美滋滋地说，听得凉夏跟凉夏爸爸都露出嫌弃的表情。

"我说叔叔阿姨啊，你们就别自顾自地发表意见了，凉夏是个有分寸的人，再说了，凉夏她……有男朋友了呀。"九秋神秘兮兮地说。

凉夏与九秋

凉夏爸妈如发现新大陆一样震惊地睁大双眼："什么？我们凉夏有男朋友了？"说完，二老齐刷刷地盯着凉夏。

凉夏背对着他们啃苹果："是有了。"

"谁啊？叫什么名字？家是哪儿的？做什么的？"凉夏爸爸抛出一连串的问题。

凉夏淡定地说："叫许青彦，大我几岁，家就是南市的，其余的先不告诉你了。"

"那人怎么样？什么时候带回来给爸爸看一眼？"凉夏爸爸坐到女儿身边，担心地说，"万一人不怎么样，把你骗了，那可怎么办？"

"哎呀，叔叔。"九秋走过去，两只手落在凉夏爸爸的肩头，帮他按摩，说，"我敢保证，许青彦对凉夏真的超级好！"

"你们这些小丫头片子怎么懂男人啊，男人总是满嘴跑火车，不这样怎么追到女孩子？"凉夏爸爸以一个过来人的口吻说。

凉夏妈妈双手一摊，说："我就是被他骗进林家的。"

"爸，妈，我尽量在半年内把男朋友带回来给你们看，相信我。"凉夏郑重地发誓。凉夏爸爸还想说什么，凉夏就拉着九秋往房间里走："我们姐妹俩有知心话要说，爸妈，失陪了。"

说完，她们就钻进了房间，避开了父母的视线。

人这一辈子，就是这样被别人催着长大的。催学习、催高考、催工作、催男朋友、催结婚、催生小孩，各种催，大家似乎都不嫌累。

可是，被催的人跟他们就不一定是同样的心情了。

但幸好对于凉夏和九秋来说，烦是烦了点儿，但还不至于影响心情。

毕竟，只要自己不当回事，任凭别人怎么说，也没有关系。

生活中烦恼的多少，与自己的心态有关。

除夕夜，万家灯火。

林鹿两家围在一起吃火锅，热闹的氛围里，凉夏藏的手机忽然振动了一下。

凉夏借口去洗手间，将手机掏出来看，是许青彦给她发了条短信。

"凉夏，我在你家小区门口。"

凉夏吓了一跳，许青彦……来到她家门口了？

凉夏不敢怠慢，赶紧走出洗手间，说："妈，我下去买点东西啊。"然后，她立马换上鞋披上外套就直奔楼下。

小区门口，许青彦真的站在那里。

穿着修身的呢子大衣，围着格子围巾，头上戴了顶线织帽，手里还捧着一束打眼的玫瑰。

凉夏又好气又好笑，但内心更多的是幸福与感动。她走过去，假装波澜不惊地问："你怎么来了？除夕夜，你不应该和家人在一起吗？"

"陪他们过了二十五年除夕，我想陪你过一次。"许青彦将玫瑰花递给凉夏。

凉夏掩饰不住内心的欢喜，接了过来，装模作样地说："谁要你这么破费了？傻子。"

"我发现和你在一起这么久，只有跟你表白的时候送过你花，我觉得挺对不起你的。凉夏，还希望你不要嫌弃今晚的俗套惊喜。"许青彦无比

凉夏与九秋

认真地说，呼出的白色气体一团一团地在凉夏面前散开。

"傻瓜，我为什么要嫌弃？"凉夏伸出手背贴着许青彦的脸庞，关切地问，"冷吧？"他脸上一片冰凉。

"不冷。"许青彦笑着摇了摇头，将凉夏拥入怀里，温柔道，"抱着你就不冷了。"

藏在许青彦的怀里，凉夏流泪了。

这一次的眼泪是炽热又温暖的，是心甘情愿、无怨无悔的……

4.感情也不会一帆风顺

凉夏给九秋发了一条短信，短信内容是："许青彦来了，帮忙打下掩护，谢谢！"

九秋翻了一个白眼，但还是嬉皮笑脸地对家长们说："阿姨，妈，凉夏说西广场那边有跨年活动，让我陪她一起去看，嘿嘿，我也不吃了。"

"哎……你们俩……"

凉夏妈妈想喊住起身离开的九秋，九秋妈妈拦住她，说："算了，年轻人嘛，就喜欢热闹，我们继续吃。"

他们没有一个人发现端倪。

九秋离开凉夏家后回了自己的家，在微信群里"讨伐"许青彦与凉夏："你们两个家伙！自己玩乐去了，留我一个人给你们打掩护！未免太过分了吧？"

等了两分钟，许青彦与凉夏没有回复，倒是江瀚发来信息，问："要出去玩吗？"

去！怎么不去！凭什么只能让凉夏和许青彦快活？

"我来接你。"等到九秋的答复后，江瀚又给她发了一条微信。

凉夏与九秋

九秋将手机揣进兜里，准备了一下，先去小区门口等江瀚。十多分钟后，江瀚出现在小区门口，问九秋："有想去的地方吗？"

"随便走走吧，散散心看看烟花。"九秋将手揣进兜里。江瀚沉默应允，陪在她的身侧，一步一步跟着她走。

其实九秋也没有什么想去的地方，也许是那一刻受了凉夏和许青彦的刺激，也想找一个人陪伴，哪怕只是这样走走。

所幸，他们仅仅是走走，气氛也没有很尴尬。

"凉夏和许青彦去哪儿了？"江瀚开口找话题。

"谁知道呢？人家毕竟是情侣，总会做些什么'见不得人'的事情吧。"九秋说着，嘴角缓缓地翘起，开凉夏和许青彦的玩笑，她似乎乐此不疲。

"那不如咱们也做点见不得人的事吧。"江瀚冷不丁地提议。

九秋吓得浑身一抖，上次他吻她的事还历历在目。

九秋连连后退了几步，后背撞在桥栏上，她忙摆摆手，说："不用了，不用了，我们不合适。"

"我们挺合适的。"江瀚逼近九秋一步。九秋赶紧捂住自己的胸，害怕地道："你别这样。"

"走吧。"江瀚忽然说。

"走？"九秋一脸茫然，"去哪儿？"

"拿点东西。"江瀚说完，往桥的另一边走去。

九秋愣了愣，慢慢回过神来，刚才自己似乎想太多了……江瀚或许根本就没有那种想法？

　　九秋糊里糊涂地跟着江瀚走，殊不知，这个闷骚的男人计谋已经得逞了，他最想看见的就是九秋这副被自己震慑而又无力反抗的样子。

　　有趣。

　　说是拿东西，其实江瀚就是带着九秋来到了自己二叔的店铺里。

　　江瀚熟稔地打开卷帘门的锁，带着九秋到店里挑选烟花棒。九秋觉得这样不好，提议："要不跟你二叔说一声吧？你这样又撬锁又拿东西的，是不是不太好？"

　　"不用，之前跟我二叔说过了。"江瀚抱了一捧烟花棒给九秋，说，"拿出去，我来关门。"

　　"哦……"九秋抱着烟花棒从卷帘门下钻了出去，江瀚钻出去后，将卷帘门拉了下来。

　　"我们接下来去哪里？"九秋抱着烟花棒迈着小碎步跟上江瀚。

　　"河边。"江瀚将手揣进兜里。

　　九秋看着江瀚的动作，不满地问："凭什么要让我抱着烟花棒，你自己空手啊。"

　　"我负责动脑子，你负责体力活。"江瀚说得有理有据，九秋竟然无法反驳。

　　河边，人比较少，大家都挤到繁华之地看热闹去了。

　　今夜的天空一点也不寂寞，满天的星星与烟花，还有庆祝跨年的人们的欢声笑语。

　　江瀚帮九秋点燃烟花棒，九秋坐在河边，手里轻舞着烟花棒，河水中

凉夏与九秋

隐约有她的影子。

焰火照耀下，江瀚看着九秋脸上明媚的光，缓缓露出温柔的笑容。

"我现在才真切地感受到，只要有人陪着，做什么都是快乐的。"九秋的脸上难得地露出恬静的笑容，她看着手里闪烁的烟花棒，眼睛里的光似乎也在闪烁。

"如果你愿意，我可以这样陪你一辈子。"江瀚移开目光，对着宽广的河面说。

声音轻不可闻，但还是准确无误地传到了九秋的耳朵里。

九秋脸上的笑隐隐散去，没有答话。

"你又沉默，我心里好难过啊。"江瀚用开玩笑的口吻说。

"你要玩吗？"九秋生硬地避开话题，将手里的烟花棒递给江瀚。江瀚迟疑片刻，接了过来，有些感慨："烟花的绽放时间挺短暂的，还不如仰头看夜空的星星。"

九秋抬起头，万千星辰倒映在她眸中，她说："只有在夜晚，星星才会出来。白天就不会，因为星星不属于白天。"

江瀚脸上的表情慢慢僵硬，九秋的这句话无论是意有所指还是无所指，江瀚听见了，都无法高兴。

忽然，江瀚踩灭自己手里的烟花棒，世界仿佛一下子暗了下来。

九秋扭头看着江瀚的脸，问："你……怎么了？"

她察觉不到他怎么了吗？她不知道她刚才那句话让他胡思乱想了吗？

"九秋。"江瀚忽然喊了一声她的名字，"我想吻你。"

九秋愣了下，浑身变得僵直。

5. 更多的烦恼还在后面

凌晨一点了，凉夏蜷缩在自己卧室的窗台上。

窗外的热闹还未散去，窗内却是一片冰冷。许青彦给凉夏打过电话也发过短信，她给的答案是："今天太晚了，让我冷静一下。"

可是，这么说了之后，凉夏又好矛盾。不知道许青彦一个人住在酒店，会不会孤单。除夕夜，他开了两个小时车来到云城，只为了和她过一个除夕。

凉夏心里万分惆怅，她又拿起手机，说："我没事，你早点睡觉。新年快乐，阿彦。"

没过多久，许青彦又发来一条消息，说："凉夏，给我时间，我一定会处理好这件事情。凉夏，我希望我们能一起走到白头。"

凉夏的情绪很复杂，她这次有些生气，但她知道自己不能因为生气而怀疑自己和许青彦之间的感情。

所以，希望明天天一亮，一切都会好起来吧。

正准备回去睡觉的凉夏，手里的手机忽然响了起来。电话是九秋打过来的，凉夏有点疑惑，但还是接听了，还没来得及说话，九秋就在那边用

凉夏与九秋

沙哑的声音问："凉夏，你回来了吗……"

"我在家啊，怎么了，九秋？"凉夏听到九秋的声音，心里猜到九秋身上可能发生了不好的事情。

"我想去你房间睡觉。"九秋的声音里带了哭音。

凉夏走出卧室去开门，说："门开了，你过来。"

几分钟后，九秋满脸泪痕地出现在了凉夏家门口。凉夏一把将九秋拉进屋，把门关上，带着她进了卧室。

刚一进卧室，九秋就难过地靠在凉夏肩上。凉夏抱着她，拍了拍她的后背，贴心地问："冷吗？穿着这么薄的睡衣。"

凉夏将九秋带到床上，两个人靠在床头，将被子拉得高高的。九秋无力地靠在凉夏肩上，说："凉夏，我跟江瀚吵架了……"

"怎么吵架了？"

九秋把事情经过说了一遍，埋在凉夏的怀里，哭道："我真的没有那个意思啊……凉夏，他不理我了。"

凉夏没有发表什么意见，只是淡淡地笑着。

"我该怎么办啊？"九秋抬起头来，泪眼迷蒙地问。

凉夏抬起手，摸了摸九秋的头发，说："傻瓜，你已经彻底喜欢上江瀚了。"

九秋呆愣地看着凉夏，脸上又一次滑过泪水："可是他不理我了，怎么办？"

"那你要去道歉吗？"凉夏问。

九秋猛地摇了摇头："不要！太没面子了。"

"如果我说只要你去道歉，江瀚就一定会原谅你，你会去吗？"凉夏
又问。

九秋沉默了，跟江瀚道歉不就间接承认了自己喜欢他吗？

似乎看穿了九秋的心事，凉夏说："承认你喜欢他有那么难吗？九
秋，江瀚等了你那么多年啊。"

"可是……"九秋心里慌慌的，"不知道为什么，我有些不敢。我害
怕失去他，我自己心里也能感觉到对江瀚的感情，但是我似乎还没有跟他
在一起的勇气。"

凉夏明白，九秋的内心看起来远没有她表面那样强悍。唐澄喜欢她十
年，她都没有勇气去接受，先暂且不说是因为凉夏也喜欢唐澄，即使凉夏
不喜欢唐澄，九秋也未必能很坦然地面对自己的内心。

对于感情，九秋一直是没有什么信心的，她怕失去。

"九秋啊，按你的想法，结婚之前至少要花几年时间谈恋爱，可你现
在迟迟不和江瀚确定关系，恋爱都还没开始谈，结婚你得拖到什么时候？
你不想那么早结婚，但是，你不能耽误江瀚是不是？"凉夏换了另一种方
式劝解。

"喜欢就喜欢，不喜欢就不喜欢，两个人谈恋爱而已，没有那么多要
去想的。在一起后如果发现不合适就分开，趁年轻再找，切忌拖拖拉拉，
拖拖拉拉会让你失去最合适的人。"凉夏继续说，"其实，我和阿彦之间
也有很多问题啊，但至少我们两个确认互相喜欢，遇到事情能共同处理，
其实……我跟阿彦刚刚也闹了矛盾呢。"

"你们？"九秋疑惑地问，"怎么了……"

凉夏与九秋

"我不是说我还没做好见阿彦父母的准备吗？所以他父母不知道我的存在。阿彦今年过了年就二十六了，家里人催着他相亲，那个相亲对象跟踪阿彦来到了云城，似乎想要我知难而退。但我没有理她，我回来后想了想，这件事情也不是阿彦的错，是我的'没有做好准备'给阿彦带去了很多麻烦。阿彦说这一切交给他去处理，我就先按兵不动。但如果阿彦的父母提出要见我，我一定会尽自己所能去面对，不会再逃避了。"凉夏缓缓道来。

她做这些决定其实也没有经过很大的思想斗争，只是那么一瞬，她便想要这样做了。也许，在许青彦说"一定会处理好这件事情"时，凉夏就做好决定了。毕竟谈恋爱是两个人的事，凉夏不会把什么问题都丢给许青彦去解决。

"凉夏，你真的很勇敢，我远远不及你。"九秋认真地说。

凉夏伸手揽住九秋，说："你也可以的，我们都很努力地活在这个世界上，为什么遇到事情要逃避呢？还是痛痛快快地去面对吧，无非就是成功和失败两个结果，有什么关系？"

九秋静静地躺在凉夏的怀里，眼神在静谧的环境里慢慢坚定起来……

她不知道自己的未来如何，更不知道未来是否会按照自己的计划发展，但她想，她至少要为令她头疼的现状做点什么，哪怕是尽绵薄之力。

接下来的几天都比较忙碌，九秋就没有去找江瀚。

当然，江瀚也没有找她。

他们的冷战，持续到凉夏和九秋回到南市。

新的一年，每个人都开始新的忙碌。

趁着某一天比较空闲，九秋在网上下载了一些美食食谱，认真地准备了三菜一汤。她将食物装进保温盒，准备带给江瀚。

今天江瀚在朋友圈发了条状态，说是又要加令人头疼的班。于是，九秋想着去给江瀚送吃的。

九秋坐车来到了江瀚所在的公司，因为已经是下班的时间，所以公司几乎没什么人。九秋径直走到江瀚所在的部门，还没进去，便在门外听到里面有说话的声音。

九秋好奇地站在门口往里张望，然而，里面的一幕却让九秋大跌眼镜。江瀚的确是在加班，但似乎没有想象中的辛苦！

一个女人穿着包臀短裙，单手撑着江瀚的肩膀，整个身体快要压在江瀚身上了。桌子上放着似乎刚打包回来的饭菜。

女人妖娆地说："江大帅哥，这是人家刚刚给你带上来的，是人家的一份心意，你可不要浪费了。"

那搔首弄姿的样子叫九秋看见了，恨不得把手里的保温瓶砸在她脸上！但此时此刻，她必须忍！

"啊，你有心了，多谢。"江瀚不但没有推开那女人，反而还看了一眼饭菜，淡定地道谢。

"江大帅哥真懂得怜香惜玉。"女人的手缓缓抱着他的脖子，在他耳边吹气，"今天有缘和江大帅哥一起加班，那下班后可否赏脸和人家吃个夜宵呢？"

"可以啊。"江瀚说。

凉夏与九秋

"砰——"半掩的门被九秋撞开，她脸上挂着强撑起来的微笑，闯进了办公室。

江瀚和那个女人齐刷刷回头，江瀚却什么表情都没有，只是淡然地看着九秋。

那女人直起腰来，问："你是什么人？"

"哎哟，对不起，打扰你们了。"九秋阴阳怪气地说，走过去将打包的饭菜提起来扔进垃圾桶，对那个女人说，"外面的地沟油还是少吃，对身体不好。"

说完，她将自己提来的保温瓶重重地放在江瀚面前的桌上，一字一句咬牙切齿地道："这里有三菜一汤，你慢点儿吃，噎死前给我打个电话，我来替你收尸。"

"江大帅哥，你女朋友啊？"那女人打趣地问。

"我不是他女朋友，只是普通朋友。我上次跟他吵了架，这次来赔礼的。我没事了，你继续吧。"九秋翻了个白眼对那女人说，然后大步流星地出了门。

刚一走出去，九秋就气得直挥拳。

"人渣！"九秋气急败坏地骂。

一直注视着九秋离开的女人收回目光，垂眼看着桌上的保温盒，问："江大帅哥，不吃吗？"

江瀚将保温瓶盖子拧开，说："一起吃吧。"

"哟，不怕她生气？"女人笑道。

江瀚将菜全部端出来，说："气气她也好，毕竟她气了我这么久。"

女人笑着坐下，说："那我就不客气了，不过话说回来，你要是有女朋友，人家就不追求你了。"

江瀚懒懒地抬头看了女人一眼，说："不管我有没有女朋友，你觉得你能追求到我吗？"

"江大帅哥，你这样说，人家就很难过了。"女人嘴上这么说着，却眉开眼笑地夹起九秋送来的食物。

可刚吃了一口，她就全部吐了出来，然后心疼地看着江瀚说道："不好吃。"

江瀚嚼着菜，脸上没什么表情，说："没事，我吃吧。"

于是，那女人就坐在旁边看着江瀚把那些菜全部吃完了。

这下，她看出来了，不管刚才那个女孩喜不喜欢江瀚，江瀚都很喜欢她。毕竟，那些菜实在是太难吃了。

许青彦没有回来。

凉夏第一天到南市的时候，就接到许青彦的电话，许青彦说家里有点事，会晚点回。

凉夏也没多想，过了一个星期的独居生活。

一个星期后，有人敲门，凉夏以为是许青彦回来了，结果打开门一看，却是一对素不相识的中年夫妻。

中年夫妻看到凉夏的第一眼，便问："你是林凉夏吗？"

凉夏似乎明白了什么。

没错，那对中年夫妇是许青彦的父母，这次来，是特意看林凉夏的。

凉夏与九秋

　　许父许母找了个地方约凉夏座谈。在包间里，许母的第一句话就是："阿彦不知道我们来找你了。"

　　凉夏有些拘谨，点点头，说："没关系，因为不知道叔叔阿姨要过来，所以没有提前准备为二老接风洗尘，是凉夏做得不周到。"

　　"你也别客气了。我问你，你和阿彦认识多久了？怎么认识的？"许母开门见山地问。

　　凉夏没有隐瞒："我是大三的时候跟阿……跟许青彦认识的，到现在有两年多了，我们是在日本北海道滑雪时认识的。"

　　"你做什么工作的，家里人做什么的，家里经济状况如何？"

　　问到这里，凉夏就知道许父许母来此处的用意了，说："我是大学老师，兼职作者。嗯……母亲在云城开了一家小首饰店，爸爸只是个普通打工族。"

　　"就这样？"许母问，语气有些惊讶。

　　凉夏点点头："就这样。"

　　"那你知道我们家的家世吗？"许母问。

　　"知道，许青彦说过。"

　　许母看了许父一眼，说："那你应该知道，你跟我们家阿彦门不当户不对，能结婚生子白头到老的可能性不大。"

　　凉夏心底冷笑一声，抬起头，问道："所以，阿姨，您是想劝我和阿彦分开吗？"

　　"你心里知道最好，不管阿彦怎么想，我跟他爸都不会同意这门亲事的，我们已经帮他物色更合适的人选。"许母的语气还算客气。

凉夏说："如果我猜得没错，那个更合适的人选叫林袅吧？但是伯母，阿彦不喜欢她。"

"这个由不得他，阿彦只有娶袅袅那种女孩子，才会对他的未来和事业有帮助。"

凉夏对视上许母的眼睛，问："照伯母的意思，我会拖累阿彦的未来和事业？"

许母话说得很委婉，也许本意也不想伤害凉夏，说："孩子，我不是说你不好，我是说你和阿彦不般配，你们都年轻，可以尝试去找更适合你们的人。"

"阿姨。"凉夏打断许母的话，说，"虽然您是长辈，但既然您来了，我还是要把我的态度告诉您，免得您白跑一趟是不是？我承认，我的家世的确比不上阿彦，但是我现在靠自己的能力挣的钱并不比阿彦少，我跟阿彦在生活和工作上互相体谅和帮助，我们在一起一年多，感情一直很稳定。阿姨，叫我离开、说我不配这种话，只有阿彦亲口对我说，我才会放弃。如果我猜得没错，你们一定想办法把阿彦留在了家里，让他没空过来参加我们的第一次见面吧？只要阿彦不放弃我，你们说的这些话，我只当没听见。"

凉夏看起来是个文文弱弱的女生，许母第一次见她以为她会很好对付，没想到她这么倔强。

见凉夏反驳自己，许母的态度似乎也发生了小小的变化，她有些不耐烦，说："你怎么就听不进去？阿彦要是能跟你说这些，我用得着亲自过来吗？"

凉夏与九秋

"这就行了，我是在跟阿彦谈恋爱，不是跟阿姨您，虽然您是阿彦的妈妈，但您也没有权力干涉阿彦和谁在一起。"凉夏说。

"你……"许母睁大眼睛，不可思议地看着凉夏，"林凉夏，我好歹也是阿彦的妈妈，你怎么能这么跟我说话？"

凉夏面无表情，声音温柔了一些，说："是的，您是阿彦的妈妈，但我和阿彦现在只是男女朋友，还没有成为夫妻。所以，请阿姨不要在这里耽误我的时间，我下午还有课。"

"你！"许母气得站起来，脸上的肌肉抽搐了一下，生气道："你这是什么态度？"

"阿姨别生气，我没有别的意思。"凉夏嘴上虽在服软，但那冷漠的表情却看得许母心里窝火。

许母撂下一句话："我不会让我儿子娶你这样的人的！"

然后，她就气冲冲地走了。坐在旁边一直没说话的许父挠了挠后脑勺，看着凉夏："孩子。"

凉夏抬起眼皮看着许父。

许父嘿嘿笑着，说："没事，你跟阿彦自由恋爱，是你们的事，别把你阿姨的话放在心上。"说完，他站起来，离开前又扭身对凉夏做了个噤声的手势，"这句话别让你阿姨知道啊，快去上课吧。"

说完，许父把许母忘记带走的外套带了出去。

凉夏挺得笔直的身体慢慢松懈了下来，她看着桌上三杯满满的浓茶，他们三个一口都没有喝……

许青彦的妈妈不好应付，也真难为许青彦了。

许青彦一直都没有回来，手机打不通，微信也没有回。

凉夏甚至幻想过他被父母限制了自由，每天都很担心他。

而九秋那边，自从遇见江瀚和那个女人在办公室调情，她就发誓再也不理江瀚了，任其自生自灭！

但是第二天，江瀚就主动来找九秋了。

看着站在门外，提着保温盒的江瀚，九秋脸上的表情从愠怒变成了讽刺："哎哟，江大帅哥，怎么有空来我这里？不和你们办公室的大美女去吃夜宵？"

"我是来还东西的，还完我就走。"江瀚说。

他这什么态度！九秋的心里没来由地升腾起熊熊怒火，她一把抢过保温盒，摆出骄傲的表情："请吧，江大帅哥。"

江瀚站着没动。

九秋问："还有事吗？江大帅哥。"

"能不讽刺我了吗？"江瀚冷不丁地说。

"不能。"九秋双手环胸，保温盒在她手里轻轻地晃动。

"对了。"江瀚指指保温盒，说，"还没洗呢。"

什么？九秋连忙打开保温盒盖，里面果然还有吃剩下的食物残渣！

"咦……你好恶心啊！"九秋嫌弃地捂着鼻子，转身进屋准备清洗保温盒。

江瀚自然地跟了进来，将门带上。听到关门声，九秋回头说："谁让你进来的？"

"我昨天没睡好，借你的沙发让我眯一会儿。"江瀚径直穿过满地的

凉夏与九秋

快递箱，将沙发上的杂物全部掀到地上，像在自家一样自然地躺了上去。

九秋正要教训江瀚，又止住了。

江瀚肯定是已经原谅她了吧？她就先控制一下脾气吧。这么想着，九秋进厨房把保温盒洗干净。再出来的时候，看到躺在沙发上睡觉的江瀚，九秋蹑手蹑脚地走了过去。

他好像……已经睡着了。

九秋进屋拿了一张毯子出来，轻轻地盖在江瀚身上，然后蹲在沙发前仔细地看着江瀚的脸。

其实，和江瀚认识这么久以来，她都很少好好看过江瀚的脸，尤其是江瀚第一次跟她告白后。从那以后，每次一认真看江瀚的脸，对上他的眼睛，她总会想到江瀚告白的样子。

江瀚的眼睛，就像一把锋利的匕首，能准确无误地挖出她内心的秘密。现在江瀚安静地睡着，看上去很帅。

九秋慢慢往前倾斜着身体，靠近江瀚。

她好像……真的喜欢上江瀚了，这种感觉愈来愈强烈。

既然他已经睡熟了，那么偷偷亲一下，应该不会被发现吧？

九秋忍不住凑近江瀚，嘴唇在他的嘴唇上方停留，却迟迟亲不下去。

忽然，一双手臂抱住了九秋的腰身，九秋惊呼一声，瞬间便被江瀚搂入怀中压在身下。九秋吓得不敢动，完全不知道该做什么。

"你想偷亲我？"江瀚凑近九秋，气息扑打在九秋的脸上。

九秋支支吾吾地说："没……没有，我就是看你脸上有点脏。"

好糟糕的谎言。

"是吗？那你现在看我，脸上脏吗？"江瀚说。

九秋胡乱地瞟了江瀚一眼，又急急地躲开江瀚的目光，说："太近了，我……我看不清。"

"没事，咱们有空再看。"说着，江瀚越凑越近。

"你要干什么！"九秋紧张地闭紧双眼。

江瀚缓缓弯唇一笑："你想偷亲我，我如你所愿啊。"说完，江瀚就低头吻了下去，温柔又缠绵。原本就贪恋江瀚唇瓣的九秋，很快沦陷在了这样的温柔里，手脚似不听使唤一样，慢慢地不再反抗，变成了迎合江瀚的动作。

旖旎过后，江瀚从九秋身后抱着她，用毯子裹着她的身体，在她耳边轻声呢喃："九秋，从现在开始，不管你愿意不愿意，你都已经是我的女朋友了。"

慢慢清醒过来的九秋咬着自己的手背，有些懊悔自己刚才的不矜持，自己明明还有事情要找这个男人算账呢！

"那……那个人呢？"九秋还是没忍住。

"哪个人？"埋在九秋发间昏昏欲睡的江瀚睁开眼睛问。

"那个给你带外卖的女的。"九秋鼓起腮帮子说。

"啊……她啊，普通同事而已。上次想追求我，被你看见了。"江瀚又闭上眼睛。

九秋接着问："那我看见了，你还不推开她？"

"你让我那么难过，我还不能气气你？"

"你真小气！"九秋愤愤地说。

凉夏与九秋

江瀚又一次睁开眼睛，反问：“我小气？”

九秋吓得连连改口：“没……没有！是我小气！”

江瀚得逞地一笑，说：“就这样躺着吧，别的都不要管了。”

九秋脸上浮动着潮红，再也没有说话，哪怕那样蜷缩着让她有些难受，她也一动不动地窝在江瀚的怀里。

这个江瀚，还真是闷骚。

不过所幸，自己似乎了却了一桩心愿。

就这样吧，岁月安稳也挺好的。

夜，很深。

已经过去将近两个月了，凉夏这两个月的时间一直没有见到许青彦。

时间越长，她心里越慌，每到晚上就睡不着觉，常常会想一些不太好的结局。

这天晚上，凉夏仍旧到半夜都没睡着，她翻来覆去地翻看着手机，看着和许青彦的聊天界面，眼泪不自觉就淌了下来。

也不知道他到底怎么样了……

凉夏翻了个身，默默擦去眼泪。

忽然，门外传来动静，似乎是有人开锁的声音。凉夏心里“咯噔”一下，警惕起来。

是阿彦？还是小偷？

凉夏半撑着身体坐起来，她刻意留着客厅的灯，只为了等许青彦回来。看着卧室门缝透进来的灯光，听着客厅里熟悉的换鞋、放钥匙的声音，凉夏知道外面那个人是谁了。

她迅速地抹干眼泪，侧躺在床上装睡。

许青彦开门进来，揉了揉太阳穴，钻进被窝里，躺下的瞬间便拥住了凉夏。

"啊……终于回来了。"许青彦疲惫地说了一声，声音很小，像是用气息发出来的声音，但在安静的夜晚，凉夏还是听得很清楚。

然后，许青彦没有再说话，只是一直抱着凉夏，很快就进入了梦乡。

为了让许青彦睡得舒服，凉夏躺在床上一动不动。

累了的话，就先休息吧，其余的事情，天亮了再说。

凉夏与九秋

6.未来有很多险阻，我们不要分开

手臂非常酸痛，因为昨晚一直保持着同一个姿势。

凉夏迷迷糊糊地醒来，才发现许青彦已经起床了。

厨房传来"滋滋"的声音，还有煎蛋的香味。凉夏爬起来，穿着拖鞋缓缓往厨房走去。看着凉夏出现在厨房门口，忙碌的许青彦二话不说，熄了火走过来将凉夏抱在怀里。

他说："对不起，凉夏，让你担心了。"

凉夏沉重的情绪终于得到释放，她回应了这个拥抱，当成是对许青彦的回答。

"你先去洗漱，一会儿吃饭的时候我把这两个月发生的事情告诉你。"许青彦揉了揉凉夏的头发，怕她担心，于是这样说。

凉夏点了点头，先转身去洗手间洗漱。

许青彦将煎蛋装盘，倒好牛奶，把早餐端到了餐桌上。

早餐桌上，两个人都有点食不知味。

许青彦也知道凉夏在想什么，他喝了一杯牛奶就再也吃不下去了，艰难地开口："凉夏，我没有成功。"

"我已经猜到了。"凉夏平静地回应，一口一口吃着煎蛋。

许青彦抬起头，语速有些急："但我还会尝试的，直到我妈同意我们在一起。"

"如果你妈不同意呢？永远都不同意。"凉夏问。

许青彦抓住凉夏放在桌上的手，笃定地说："如果我妈不同意，我就带着你离开南市！我们自己组建一个家庭。"

凉夏微微一怔，没料到许青彦会说出这样的答案，她说："可那是你妈妈啊。"

许青彦收回手，认真地说："凉夏，若你是一个不好的女生，我妈反对，我自然会听她的。可你这么好，我也真的爱你，她却不能支持我，这让我真的很难过。凉夏，你别担心，如果真的到了那一天，我也不会丢下我父母不管的，现在他们身体健康，又不缺钱，根本就不需要我做什么，所以，对我而言，现在最重要的是你，你已经把你整个人都交给我了，我要对你负责到底。"

有的人或许不知道为什么会认定自己的伴侣，有可能只是一瞬间的想法。就像现在，仅仅是那一瞬，凉夏就明白了，就是眼前这个男人没错了，就是他，她跟定他了！哪怕未来会遇到很多困难，她也要陪着他一起面对！

"傻瓜……"凉夏的身体微微前倾，手掌覆盖上许青彦有些憔悴的脸，温柔地说，"吃完早餐先不要去上班了，在家里好好休息，你看你，

凉夏与九秋

脸色这么不好，万一哪天累倒了，谁来照顾我啊。"

许青彦默默地握着凉夏的手，在唇边吻了吻。

谈恋爱被父母反对，其实在生活里算不上什么新鲜的事情，但是自己身临其境的时候，才发现原来会这样麻烦。

许青彦没有回来的那段时间，是被母亲关在屋子里，没收了手机，宛如一个被管束的小孩。许青彦昏昏沉沉地过了一段时间，被母亲以死相逼去见林袅。

没有办法，许青彦只能先应下来。然后，在见完林袅之后，许青彦趁跟踪自己的人不备，悄悄地回到了和凉夏的家里。

这会儿，凉夏去上班了，许青彦才敢打开手机。

刚一打开手机，数十条消息就弹了出来，最新的一条是许母发的，她要带林袅来这里。

许青彦坐在客厅的沙发上，等着母亲和林袅过来。

果然，不过二十分钟，她们就来敲门了。

许青彦走过去将门打开，自顾自地坐回到沙发上。

"那个女人呢？在哪里？"刚一进门，许母就劈头盖脸地问许青彦。

许青彦揉着太阳穴，有隐隐的不耐烦："妈，她叫凉夏，你别那个女人那个女人地叫。"

"那……林凉夏在哪里？"许母站在许青彦面前，居高临下地问。

许青彦说："凉夏上课去了。"

"上课去了？不是故意躲着我？"许母不信。

"她为什么要躲着你？"

"呵呵，因为她做了亏心事！骗了我的儿子！"许母给凉夏扣上莫须有的罪名。

"妈，你说什么呢？人家做啥亏心事，怎么骗你儿子了？你儿子不是在你面前吗？"

许母恨铁不成钢地戳了戳许青彦的额头，说："你呀你呀！你被她那迷魂汤给灌糊涂了！"

"行了。"许青彦挥手扫开母亲的手，又看了一眼林袅，"你把林袅带过来干什么？"

许母把林袅拉过来，说："当然是让你给她赔罪了，昨天那么晚你把人家送到酒店就走啦？啊？你是个男人吗？"

"怎么？做得不对？难道妈妈你希望看到的是我跟林袅生米煮成熟饭？"许青彦知道母亲心里想的是什么，毫不客气地揭穿。

许母被噎住，左右看看，还没想好要说什么。

许青彦站起来，下逐客令："没什么事你们就先回去吧，我一会儿还要休息呢。"

"我不回去！"许母一把抓住儿子的胳膊，说，"要回去你得跟我们一起回去，阿彦，我不能让你跟林凉夏这种卑微的女人在一起。"

"妈！"许青彦一把挥开母亲的手，怒火终于爆发了，"什么卑微的女人！凉夏是你儿子最爱的女人啊！她也有自己的父母疼，你这么说她好吗？凉夏靠着自己的能力刚毕业就成为大学老师，她还给杂志社兼职写

凉夏与九秋

稿，每个月的稿费收入就要赶上你儿子的工资了！我们在一起互相体谅互相陪伴，经历过那么多风风雨雨，在这个世界上没有谁比她更适合你儿子了！我都已经二十六了，你能不能不要对我的私事插手？你是我妈妈！我不想讨厌你！"

"你……"许青彦这样一番话把许母吓着了，儿子长这么大还从没对她发过火。

林裘似乎也看出来了，忙搂住许母的肩膀，说："阿姨，阿姨，好了，阿彦说得也没错，咱们有什么事情可以坐下来慢慢商量，对不对？来，阿姨，来坐下。"

许母被林裘按着坐下，林裘又转头劝说许青彦："阿彦，不要这样跟你妈妈说话。"

"这里没你什么事。"话已经说到这个地步了，许青彦也不愿意就此打住，"妈，我在这里跟你表个态，我绝对不会放弃凉夏。无论你怎么逼我，我也不会。但是如果你非要将我们两个拆散，那么你儿子只能化成一堆骨灰来陪伴你下半辈子了。"

许母身体一震，浑身发抖地看着许青彦。

许青彦将钥匙和钱包带在身上，说："凉夏真的是个好姑娘，你不要没跟她接触过就给她下一个奇怪的定义。如果你们喜欢这里，就多坐会儿吧，我昨晚没睡好，出去开房睡觉了。"

说完，许青彦就出去了，行动异常果断。

许母的脑海里全是许青彦刚刚说的话，她只是想让许青彦的未来好过一些，所以想给他找一个更合适的人，她有什么错？

"阿姨。"林袅轻轻拍着许母的后背，帮她顺着气。

林凉夏，林凉夏，这个女人，到底是用什么方法勾住了许青彦的心？

可是，许母明白，有些答案，还是需要自己去探索。

从儿子家离开后，许母独自一人去了凉夏任教的学校，她打听到了凉夏上课的教室，便去旁听。

所谓旁听，不过是在窗外看了两眼，凉夏在讲课，教室里的学生都在很认真地听课，没有玩手机的人。

在大学里，这样的现象简直罕见。

她到底有着什么魔力？不过是一个没有什么特别的寻常女子而已。

注意到许母在教室外面，凉夏不动声色地对大家说："老师给你们播一部影片看看吧，这周要交一篇影评上来。"说完，她打开了电脑里的一部电影，然后走出了教室，"阿姨。"

许母摆摆手，说："你上课吧，没事。"

"你都到这里来了，肯定是有事的，没关系，我给他们安排了作业。"凉夏说。

"那……"许母看了看四周的环境，"我们找一个安静的地方说说话？"凉夏便回教室跟同学们讲了一下，一会儿要是下课了就正常下课，不用等她。然后，她带着许母来到了教学楼后的一处石桌旁。

坐下后，许母有些纠结，说："其实，我还是不太喜欢你，觉得你不

凉夏与九秋

适合我儿子。"

凉夏笑笑："阿姨不会是特意来跟我说这个吧。"

许母叹了一口气："我找过阿彦了，阿彦的态度很坚决，好像我再反对，他就要死在我面前一样。"

"阿姨，您不觉得您的做法有一点小小的错误吗？"凉夏微微地皱着眉。许母没有反驳她的话，而是看向她，让她继续说下去。

凉夏垂眸："您所谓的适合阿彦，不过是觉得林袅嫁给他，会对他的事业有所帮助，所以未来也会更好。可是，阿姨，阿彦是要找爱人，是要找一个能陪他相濡以沫、相伴一生的人，事业失败了可以重新开始，然而生活不能。阿彦不愿轻易放弃我，我自然也不会轻易放弃他，我们在一起这么久，很清楚彼此生活在一起是一种很舒服的状态，阿彦决定出来自己打拼，目的就是不想在您二老的保护下长大，所以，你们又怎么能拿婚姻一事绑住他呢？"

许母没有说话，她可以任性，但她到底还是不敢拿自己儿子的性命做赌注。

"阿姨，您也是嫁到许家的，我想，有些事情，您甚至比阿彦更能懂我。"凉夏慢慢抬起头，注视着许母的眼睛。许母的神色复杂，喉中话语凝结在一起，堵得她心慌。

"另外，我会和阿彦一起努力，得到您的认同，我们一定会努力的。但如果努力后还是没有结果，我们也不会分开。"凉夏心意已决，她从未这般勇敢过。

"哪怕，我不认这个儿子，从此与他断绝一切关系？"许母红着眼睛问道。

凉夏沉默片刻，说："与您断绝一切关系，对阿彦来说是痛苦和折磨，就算他同意了，我也不会同意。但如果真有那么一天，我也会站在他身边，陪他走过余生岁月。"

"哼，说得比唱得好听。"许母似乎觉得这只是小孩子一时兴起说的话，他们没有经历过贫困疾病，谈什么白头到老？

许母站起来，说："你们终归太年轻了。"

说罢，她摇了摇头，离开了学校。

凉夏注视着她走远。

凉夏当然也知道，未来有无数种可能，他们未必每一次都会像现在这样齐心协力。但是，现在能，不就够了吗？想那么长远，多累啊……

但是，那一次与许母见面后，许青彦告诉凉夏，母亲的态度变好了，没有再强制反对他们在一起。

许青彦还说，以后他们混得好坏与否，许母都不会关心。两个人最后结果如何，她都不会在意。

如此，他们二人的爱情保卫战似乎是胜利了一大半，但并没有胜利的喜悦感。

"不过，这样的结果对我们来说是好的，总算了却了一桩心事。"凉夏安慰许青彦。

凉夏与九秋

然而，许青彦摇摇头，说道："还不算了却。凉夏，我爸妈想找个时间见见你爸妈。"

本来高兴的凉夏顿时抚着额，心里犯难："你都还没有见过，你爸妈就想……"

"我拦不住。"许青彦抱住凉夏，撒娇道，"好不好嘛，有我们俩在，局面不会失控的。"

凉夏嗔怪地打了一下许青彦的胸口，说："那我回去说吧。"

"你最好了。"许青彦在凉夏的唇上啄了一口。

不过，两家见面这件事情，还真是不好说。

凉夏趁周末回了一趟云城，把这件事情告诉了爸妈。他们两个都露出震惊的表情："见家长？"

明明未来女婿还没打照面呢，怎么就到了双方父母见面这一步了？

"对方提出来的。"凉夏看着自己的爸妈，内心也很绝望。

凉夏爸妈互相看了一眼，又问："时间、地点？"

"下周六晚上七点，就在云城……咱们找地方吧，阿彦爸妈说要来拜访你们俩。"凉夏抠着自己的手指，忐忑地看着对面二老。

对方亲自登门拜访，看来，这一次真是一场硬仗啊！

双方父母见面的那一天，凉夏妈妈让九秋妈妈给自己打扮了一番。

九秋妈妈特意把凉夏妈妈打扮得妖而不艳、气场十足。九秋妈妈对她说："听凉夏说，对方的母亲似乎从一开始就很不看好凉夏，所以这次你们千万不要输了气场，一定要表现得落落大方，千万不要拘谨，也不要太过热情。"

"演戏嘛，这个我拿手。"凉夏妈妈自信地说，为了女儿，她拼了！

她倒要看看，对方母亲凭哪一点看不起她的女儿！

约定时间快到了，凉夏妈妈和爸爸在门口等待男方父母。

许父许母是开着宾利车来的。看着几乎闪着光的车身，凉夏妈妈心里已经在翻白眼了："暴发户。"

许父陪着许母下车，许父身上穿的是定制的西装，许母身上穿的是旗袍，金丝线绣的牡丹衬得她十分贵气。

"两位就是许大哥和刘姐姐吧？"凉夏妈妈礼貌地迎上去，看见许青彦最后一个下车。许青彦一见凉夏妈妈，立即招呼："阿姨您好。阿姨，我是许青彦。这个是给您和叔叔准备的礼物。"

"真是客气的孩子。"凉夏妈妈也不拘礼，接过礼物递给凉夏爸爸，又邀请道，"房间在里面，两位跟我来吧。"

跟在凉夏妈妈身后的许母跟许父嘀咕："她妈妈这么年轻啊？"

不但年轻，还很漂亮呢。

许青彦走在最后，与同样走在最后的凉夏暗暗地拉住手，算是给对方的鼓励。

入桌时，凉夏妈妈尽量做到让每一个细节完美，让许母无可挑剔。

"凉夏妈妈看起来真年轻，保养得不错嘛。"女人见面，这样的话题最容易聊起来。

凉夏与九秋

凉夏妈妈笑起来："女人嘛，都爱美，刘姐姐你也懂。刘姐姐的皮肤也很好啊，不像我脸上有雀斑，需要用粉底才能盖住。"

"但凉夏妈妈气色好，又年轻啊。我不行，老了。"许母摇了摇头。

"哪里？"凉夏妈妈疑惑地说，"老什么？要不是我们家凉夏说应该亲切地叫你一声刘姐姐，我还以为你比我小呢。"

"哎哟，真是的，凉夏妈妈说哪里话呢，我是真老了。"许母虽嘴上这样说，但看得出来，她心里是高兴的。

在座的其他人暗暗冒汗，这两个女人是演戏演上瘾了吧？真会吹捧。

凉夏妈妈扫了一眼在座的人，感慨地说："真是辛苦许大哥和刘姐姐开这么久的车过来了，我跟凉夏他爸特意选了云城最好的饭店，希望你们不要嫌弃。我这个当妈的也是第一次见到女儿的男朋友……"说到这里，凉夏妈妈眼里露出慈爱的目光，说，"我女儿的眼光真好，阿彦这孩子看上去精神，长得又好看，还这么懂礼貌，给我和她爸还带了礼物，这么优秀的孩子一定离不开优秀父母的教育，真是谢谢你们了。有这么好的孩子对我们家凉夏，我跟她爸心里不知道有多放心呢。"

凉夏妈妈一番话把许家全家上下都夸了个遍，许母就算有意刁难也找不到突破口。

许母想了很久，最终只说了一句："教育得再好，那以后的日子还不是他们两个人过，过得好不好，就看他们的造化吧。"

"姐姐这个话说得对。"凉夏妈妈看许母的茶水喝完了，将转盘转过来拿起茶壶给她倒满，说，"我也不会插手我女儿的感情，现在的年轻人嘛，自由恋爱，最终结果好不好都自己承担，没什么大不了的。其实有的时候啊，我放手让凉夏自己去做一件事情，她还能做得更好呢。"

许母也不是一个笨人，她知道凉夏妈妈的话里包含了怎样的意思，便说："你说的没错，但是有时候咱们做父母的还是要管一下，可怜天下父母心，不是吗？"

"这个是自然的，但咱们能管的也不多啦，孩子长大了，应该给他们自由的天空飞翔。"凉夏妈妈从容地笑着，抬眼看见服务员端来了第一盘菜，便道，"呀！菜来了，许大哥、刘姐姐久等啦，开始用餐吧。"

截断了许母接下来的话，凉夏妈妈用手势示意可以开始用餐了。接下来，她又开始讲述这些菜的由来，点到为止，总是恰到好处地让许母无法主动提出话题。

一顿饭下来，许母生气不是，不生气也不是。

凉夏妈妈话太多了，让她有些烦躁，可凉夏妈妈作为东道主，待客之礼倒是做得及格，她又不好说什么。当晚，许父许母入住之处也是云城最好的酒店里最好的房间，凉夏妈妈和爸爸可是下了血本，如果许家坚持不让凉夏和他家孩子在一起，那自己就亏大了。

"妈，你是嫁女儿，不是做生意。"回去的路上，凉夏听妈妈这样说，无奈地道。

"嫁女儿和做生意，在某种层面上来说是一样的，再说了，你不是还没嫁过去吗？她就这样欺负你，要是嫁过去了，你就等着哭鼻子吧！"凉夏妈妈说。

凉夏与九秋

凉夏不乐意跟妈妈说话，挽着爸爸的手，说："不理你了，我和爸爸一起走。"

"你爸爸？你爸爸能帮到你啥，关键时候还不是得靠我！"

"你行了，在孩子面前说啥呢。"凉夏爸爸拉下脸来。

凉夏妈妈转头："说你呢。"

"在孩子面前，好歹给我留点面子。"

"行了，都二十多年了，你有没有面子，孩子不知道啊？"

"我是看你是我的老婆，我让着你呢。"

"哎哟，人家好感动哦。"

看着父母老大不小了还在这里斗嘴，凉夏捂着嘴偷偷笑了起来。

真好啊，真希望自己和许青彦也能这么幸福。

7. 我想，我们都会幸福

其实，反对了这么久，许母也不想再坚持了。

操心儿子的婚姻大事真的太累人了，有那个闲情和时间不如约着老姐妹去做美容。

在云城的那天晚上，在酒店里，许母把许青彦叫到了跟前。

她握着儿子的手，语重心长地说："妈知道，妈如果一直反对你跟凉夏，到最后也还是会输的。不管妈用的是哪一种方式对你，哪怕那种方式不对，可妈的初衷都是为了你好。如今，你真爱凉夏那孩子的话，妈也不管了，今后的路，你们自己走吧。"

"妈，你真的同意我跟凉夏在一起了？"得到"恩赦"的许青彦还有点不敢相信，不确定地问。

许母看着儿子那傻样，摇了摇头，肯定地说："是是是，我不反对了，你就好好地和凉夏在一起吧！"

"妈！我太爱你了！"许青彦激动地拥抱了一下母亲，兴奋地说，"那……那我先出去啦。"说完，他立即跑出了房间。

凉夏与九秋

许母不会忘记许青彦那时脸上的光彩，宛如幼年时候他得到珍爱的玩具一样。

许父在后面铺好了床，对许母说："早这样不就好了，你就是太爱操心了。"

许母叹了一口气，说："现在看起来，真是我太操心了，早这样，让儿子高高兴兴的，多好。"

"行了，快来睡吧，太晚了。"许父招呼着许母，氛围中透着难得的温暖。

而跑出去的许青彦，迫不及待地来到了凉夏的住处。在小区门外，他给凉夏打了个电话，接到电话的凉夏偷偷摸摸地从家里跑了出来。

一见面，两个人就情不自禁地拥抱在一起，虽然今天一直在一块儿，但连单独说几句话的时间都没有。

"凉夏，我妈妈不反对我们在一起了，她刚才跟我说，以后的路就让我们自己走了。"许青彦紧紧抱着凉夏，仿若他差一点就失去了这个挚爱的人。

"太好了，现在我们就可以光明正大地在一起了，可以让全世界都知道我们在一起。"凉夏的声音里透着难以掩盖的喜悦。

许青彦忽然环住凉夏的腰身，一把将她抱了起来。凉夏捧着许青彦的脸，低头与他热吻。

许先生啊，我们一起携手让余生变得更美好吧。

林小姐，我会尽我所能，给你一个温暖美好的未来。

世界，在刹那间，如有万千烟花绽放。

得知凉夏和许青彦终于过了家长那一关，九秋和江瀚带着礼花来到了他们家，只为了帮他们庆祝。

礼花炸开的那一瞬，凉夏故意调侃道："同喜同喜啊，恭喜二位也修成正果了。"

"修成正果"四个字被凉夏故意加重了语调。九秋有些不好意思地低下了头，江瀚宠爱地揉揉她的头发，被九秋难为情地推了推。

凉夏与许青彦对视一眼，同时撇撇嘴，真像一对刚谈恋爱的小情侣。

不过，此时此刻的感觉真好啊，凉夏和九秋都找到了生命中的另一个他，生活似乎在一瞬间没有了烦恼与压力，剩下的只有幸福和甜蜜。

凉夏与许青彦，九秋与江瀚，他们四个一直保持着初心，在平凡的城市平静地生活着，一直到三年后，凉夏和许青彦的喜讯打破了这样的平静——凉夏和许青彦打算结婚了。

听到这个消息时，大家都十分兴奋，然而，九秋却"哇"地一声哭出来了，边哭边说："妈呀，我的凉夏要结婚了，我要当伴娘。"

结婚的全部细节，许青彦都尊重凉夏的想法。

凉夏某天把九秋拉到身边，说："九秋，你来策划我的婚礼好不好？我要独一无二的。"

九秋如同接到一个重大的任务，但她是非常乐意来执行这个任务的。

凉夏和许青彦把伴郎伴娘的位子留给了江瀚和九秋。而九秋为了要给

凉夏与九秋

凉夏一个独一无二的婚礼，暂时放下了自己的工作，全身心地为凉夏策划婚礼。

大约一周后，一直把自己关在房间里面对着电脑的九秋似乎发现了新大陆，脑海冒出了关于婚礼的所有画面。

她立即给凉夏打电话让她来自己的住处，把自己的想法说给凉夏听。

林凉夏与许青彦的名字，在字面上能联想到比较契合的婚礼场景与因素，那就是——"盛夏""森林""森系"。

九秋想给凉夏办一场森系婚礼，婚礼地点就选在森林里，里面所有的布置都在"原始"因素上增添婚礼的梦幻。只是，九秋没有想到，那么多宾客该怎么办，该坐在哪儿。

"没关系，我和阿彦不打算宴请四方，我们只请最重要的亲朋好友，算下来宾客只有几十个人而已。我们可以在森林里举办婚礼，在酒店请他们吃饭。到时候，包几辆车就好了。"凉夏笑笑。

"凉夏，你是喜欢我这个想法的吧？"九秋有些不太确定，宛若小时候问老师自己的解题方式是否有误一样。

"岂止喜欢，是非常喜欢。"凉夏的眼神里充满了期盼，"真想看看穿上婚纱的我会是什么样子，我不想去婚纱店租婚纱，我去网上租一套合适的吧？"

"我也是这么想的，我觉得实体店的婚纱都配不上你。"九秋说。

"行，婚纱这一块，我回去和阿彦一起看。策划以及现场布置嘛，就交给你啦。"凉夏用手指刮了刮九秋的鼻子，宠溺地说。

九秋跟凉夏保证，一定会好好完成这件事。她送走凉夏后，心里感慨万千又十分不舍。

不知道为什么，明明是希望凉夏幸福，希望她能早早地跟许青彦结婚，然而，当凉夏真的要结婚的时候，九秋却感觉像失去了什么，内心空荡荡的。

二十六年了，她和凉夏从出生的那一刻就被绑在了一起，然而，岁月无法将她们一直绑在一起。凉夏选择了自己想过的生活，生活轨迹正慢慢地平稳，而九秋还没有决定好自己的生活……

不知道未来，她是不是也会嫁给江瀚呢？同样是二十六岁的年纪，九秋却一点也不想结婚，即便她喜欢江瀚。

凉夏婚礼的时间定在了九月某天，那时酷热渐去，万木依旧吐翠，未至落叶时候。

婚礼前两天晚上，凉夏与许青彦包了一间公寓，邀请了所有年轻的朋友共赴一场单身的派对。

那天夜里，派对现场一片狂欢景象，年轻男女们贴身热舞，玩过火的游戏，几乎每个人都放得很开。

九秋也很高兴，喝了很多酒，但是江瀚不敢让她喝太多。

每次拦着九秋的时候，九秋就发脾气，醉醺醺地说："你别拦着我，我高兴，我想喝……"

没有办法，江瀚只好将九秋拖到远离狂欢现场的地方，让风微微吹散

凉夏与九秋

她的醉意。

"醒了吗？"看着逐渐冷静下来的九秋，江瀚问。

九秋沉沉地叹了一口气："我心里好沉重啊。"

"因为凉夏要结婚了吗？"

九秋摇摇头，说："感觉命运的轨迹发生了新的变化。"

"是凉夏的命运轨迹发生了变化，又不是你。"江瀚好笑地说。

九秋扭头，一本正经地说："江瀚！我二十六了！"

江瀚怔了怔，这一次是真的没有太明白九秋想表达什么："所以呢？你也想在这个年龄，找一个落叶纷飞的地方和我结婚？"

九秋有隐隐的恼怒，她嘟囔着嘴，说："我是说，凉夏在这个年纪选择了自己想过的生活，我也想选择我想过的生活。"

江瀚没作声，只是静静地看着九秋的侧脸。

九秋仰头望着星空，听着从那扇门背后传来的热闹，说："外面的星空一定更美吧，江瀚，等凉夏完成婚约，我可能就不做这份工作了，我想出去走走，什么都不管，只求放纵与自由。"

"你说，你想出去走走？"江瀚问。

九秋点点头，旋即，看向江瀚，说："没错，是我。但我不能像要求自己这样要求你。"

"所以，如果我不愿意跟你一起走，你就会和我分手吗？"江瀚又问。九秋沉默了片刻，缓缓开口："是的……如果你不愿意，我不会强迫你，我们就分手。但是，和你分手是因为我不想连累你，也不想让你等我，你为我做的已经太多太多了，我这辈子都还不清了。"

"哼，如果需要你还的话，我又何必坚持这么多年？"江瀚冷笑一声，让九秋心里一阵抽痛。

夜风静静地穿过他们二人之间，将一个阻隔在左，一个阻隔在右。

江瀚双手揣进兜里，神色复杂。

他并非不愿意陪九秋一起去流浪，他只是有些介意，九秋做这个决定前连问都不问他一声，就说出"如果你不愿意我不会强迫你，我们就分手"这样不负责任的话。

她怎么就知道他不愿意？

为什么连问都不问，就下这样的定论？

他们的感情就这么脆弱吗？

九秋不知道接下来该说什么才合适，江瀚没等到她的后话，便说："我先回去了。"说罢，便转身离开了，走得倒是潇洒，内心却万分纠结。九秋没有留他，她心意已决，不会强求江瀚。

只是她心里十分清楚，如果就这样放走江瀚，自己一定会后悔。

但，终将会离开的人，又何必挽留呢？

夜明明很喧闹，可心里很安静。

两天后，是凉夏的婚礼，婚礼地点是一处森林公园，婚礼场地的布置与森林契合，纱幔为轻而透的白纱与粉纱，宾客座椅是洁白的长椅，整个场地全是翠绿的植被与新鲜的花朵，空气里全是清新的味道。

凉夏与九秋

许家准备的房车里，新娘还在化妆。

今天的凉夏宛如从林间走出来的仙子，清秀中透着一丝妩媚，身上飘逸的婚纱更是衬得她轻盈美好。

九秋穿着伴娘裙，简单地化了个妆做了个发型，然后一直坐在旁边给凉夏录像。

"林凉夏小姐，请问你今天的感受是什么？"九秋笑嘻嘻地盯着镜头里的凉夏问。

凉夏做思考状，说："嗯……有一点激动，还有一点紧张，但更多的是兴奋。"

"林凉夏小姐，你有多爱你的丈夫呢？"

"多爱呀……"凉夏想了想，说，"很爱很爱，但是比他爱我要少那么一点，他必须爱我更多一点。"

"林凉夏小姐，你打算什么时候要宝宝呢？"九秋的视线从镜头上移开，不怀好意地盯着凉夏。

抹了腮红的凉夏的脸显得更红，她说："顺其自然吧，要是怀上了就生下来。"

九秋又笑起来，拿着摄像机围着凉夏转了个圈，说："林凉夏小姐，在这个世界上除了许青彦先生爱你如生命，还有另外一个人也爱你如生命哦，她的名字就叫鹿九秋。"

"林凉夏也爱鹿九秋。"凉夏凑近镜头，在镜头上"啪"印上一个吻。九秋微笑地看着凉夏，眼睛忽然湿润起来。

她的凉夏啊，终于要嫁人了，一路走来真不容易。

"外面已经准备好了，我们注意听司仪的台词，好准备登场。"九秋将摄影机还给摄影师，扶着凉夏在房车门口的沙发上坐好。

凉夏做了几个深呼吸，看上去真的很紧张。

婚礼现场，司仪说到"有请新娘"的时候，九秋扶着凉夏下了房车，而凉夏的父亲正精神焕发地站在车边等她。

父亲的眼中好似有炽热的火，正灼灼地盯着自己的女儿，火海底下是一望无际的汪洋。

凉夏缓缓地将手伸进父亲的臂弯，父亲带着她从红毯的开头慢慢走向终点。

《婚礼进行曲》响起，随着父亲踏上红地毯的凉夏，目光一直紧紧盯着等在尽头的许青彦。

身后有花童与九秋，不远处是身穿白色西装的许青彦，许青彦今日看上去异常帅气，让与之交往了好几年的凉夏羞得不由得低下了头。

许青彦也看傻了眼，一时间目光像黏在了凉夏身上。

他从没见过这么美的凉夏。

"这傻孩子。"许母见许青彦这个样子，忍不住宠爱地嘀咕了一句。

"看来，我们的新郎被新娘惊艳到了。"司仪开玩笑地说，"请我们的新郎从新娘父亲手里接过新娘。"

许青彦回过神来，忙恭恭敬敬地伸出臂弯。

凉夏与九秋

从对方父亲手里接过凉夏，像是接过这一生的重任。许青彦浑身都透着紧张，每一处寒毛都立了起来，生怕做错任何一个细微的动作。

许青彦与凉夏挽着手，来到了司仪面前。

司仪在所有亲朋好友的见证下，问："许先生，当你的手牵定她的手，从这一刻起，无论贫穷和富贵，健康和疾病，你都将关心她，呵护她，珍惜她，保护她，理解她，尊重她，照顾她，谦让她，陪伴她，一生一世，直到永远，你愿意吗？"

许青彦深呼吸一下，从司仪手里接过话筒，另一只手拉着凉夏的手，深情告白："刚才司仪所说的那些，我都愿意。但我知道，一个人的话在未来有着千万种变化的可能，我不想管未来，只想在当下与你过好每一天。如果生活中有不顺，我们互相理解、包容、扶持，我想，如果能走好当下每一步，未来就一定会好。凉夏，我爱你。今日你成为我的妻子，是我这一生中最幸福的事。"

凉夏闻言，眼泪不禁淌过脸颊，然而，这是幸福的泪水。

看着她幸福，凉夏妈妈和九秋更幸福。

她们和凉夏一样深信，眼前的这个男人，是她最好的归宿。

承诺太虚无缥缈，彼此互相扶持至白头终老，才是他们这段感情最好的结果。

许青彦与凉夏交换戒指，彼此携手、拥吻。到了扔捧花的环节，凉夏却将捧花捧在手里，对在座宾客说："今天就不扔捧花了，因为，我想把手里的捧花送给一个对我而言，万分重要的人。"

她看了一眼站在角落默默擦泪的九秋，继续道："我有一个好朋友，我们还未出生时就结缘了，因为我们的妈妈是好闺密，我们出生后，她拉着我的手走遍云城大街小巷，因为有她，我的过去才那么充实、快乐。对我而言，她是这个世界上很重要的人。有时候，她像这个世上的另一个我，我也像这个世上的另一个她，我们彼此陪伴、成长，看着对方变成最美好的人，看着对方牵手陪伴一生的人。对了，我的这个朋友也找到了自己的归宿，我想把这束花送给她，希望她能永远快乐，希望她勇敢地去追求自己想要的生活，趁岁月正好，勇敢出发吧。"说完，凉夏面向九秋，"鹿九秋。"

九秋眼眶泛红，视线一次又一次地变得模糊，她看到凉夏慢慢走下来，将捧花递给自己。她接过捧花，感动地拥住了凉夏。

台下，凉夏妈妈和九秋妈妈相视一眼，欣慰地笑了。

眼下这个结局，或许就是最好的了。

皆大欢喜。

许青彦与凉夏结婚后，把之前租的房子退了，两人合力买了一套新的房子，在新房子里预留了一个房间给未来的宝宝。

凉夏想，他们在近两年里，应该要生养一个孩子了。

凉夏的心事落定，九秋也该开始追寻自己的生活了。

关于要出去流浪，九秋告诉了凉夏。凉夏问："你真的要因此跟江瀚分手吗？"

凉夏与九秋

"我不想连累他。"这是九秋给凉夏的回答。

凉夏没有做过多的劝说，因为凉夏内心深处知道，江瀚放不下九秋，九秋也放不下江瀚。

他们两个之间已经被连在一条线上了，久而久之，这条线慢慢地融入了他们的生命里了。所以，他们是分不开的。

凉夏帮着九秋收拾行李和出租房时，江瀚来了。悄无声息地，就那样站在门口。

凉夏看了九秋一眼，默默地放下东西，准备先回避一下。在门口的时候，凉夏给江瀚使眼色，告诉他九秋的惆怅。江瀚点点头，表示明白。

凉夏走后，江瀚缓缓进屋，无声地看着被盖上遮尘布的家具。

九秋仍在不紧不慢地收拾东西，然而，心思却全不在此。

"什么时候走？"江瀚开口问，声音淡淡的，听不出有什么情绪。

"明天吧。"九秋拍拍手心的灰尘，侧对着他。

江瀚在房间里踱步，手指轻轻拂过遮尘布，又问："要去哪里？"

九秋心里似乎有气，似有意又似无意地说道："不清楚，走到哪儿算哪儿。"

江瀚的手指顿住，他看向九秋，问："你还爱我吗？九秋。"

九秋瞬间有些恍惚，她没有答话，只是心脏忽然剧烈地跳动起来，还带有丝丝抽痛。那样的感觉似乎在告诉她，是的，九秋，你还爱着他……

九秋回身，定定地看着江瀚，说："人不是说爱就能爱的，会被许多事情所牵绊。"

江瀚淡淡一笑，说不上是讽刺还是什么，只听他说："可怜你向往浩瀚的大海与宇宙，喜自由不被约束。没想到，内心深处还是逃不过世俗的眼光。"

"我不懂你在说什么。"江瀚的话有些深奥，九秋不愿费脑筋去猜。

"从高中你打我一巴掌开始，我就喜欢你，九秋。"江瀚的眉头微微皱着，"我比这世上任何一个人都了解你，甚至超过林凉夏。但是，你并没有那么了解我，在做出选择时连问都不问我一声，就给我下了一定无法陪你终生的定论。"

九秋心中一震，似乎听懂了江瀚想要表达的意思，然而，内心迟疑的她还是没有将该说的话说出来。她想，就算江瀚不介意陪自己四下流浪，那他的家人呢？如果他的家人不同意，那她怎么能强求？更何况，江瀚说话总是说一半藏一半，她有些疲于去猜测他的心思了。

"如果你想来送我，明天下午五点就去机场；如果你是来跟我说这些不清不楚的话，还是请你离开吧，我有些忙。"九秋果断地说出这段话。江瀚看着她，眼神灼热又迷茫。

九秋不敢与他对视，只好俯身继续收拾东西。

然而，不出片刻，江瀚真的转身离开了。

听着远去的脚步声，九秋的视线刹那间变得模糊，眼泪莫名地颗颗掉落，完全控制不住了。九秋抹去眼泪，看着空荡荡的房间，心里不明白，她到底是怎么了？

明明还喜欢他，为什么要将他赶走？

凉夏与九秋

胡乱地用手背擦去眼泪，九秋强迫自己调整好情绪，继续收拾屋子。

未来太漫长了，失去一个江瀚，她还可以慢慢找别人，找不到大不了就单身一辈子吧。

这是九秋最坏的想法。

第二天，凉夏和许青彦都来送九秋了。

江瀚没有来。九秋在人群里张望了半天，也没有看到江瀚的影子。当飞机缓缓升入高空的时候，九秋觉得，她跟江瀚真的再无可能了……

九秋旅程的第一站是青海，她来到了果洛玛沁。

比起"北上广"这些大城市，九秋更愿意去少数民族地区，因为在这里，她能看到不一样的风土人情。

在果洛玛沁居住的第二天，九秋已经和客栈姑娘结为朋友了，闲暇时喝喝酥油茶，听客栈姐姐讲述青海的人文与自然风光。

然而，也就是那一天，九秋在街头碰到了一个人。有人坐在高高的越野车顶，弹着吉他唱藏歌，周围围着许多的本地居民。

吉他与藏歌的搭配听起来竟然不会让人觉得奇怪，反而有一种十分享受的感觉。九秋听着熟悉的声音，缓缓地往唱歌的地方走去。

那车顶坐着的，是一个笑容灿烂的年轻男人，他看着围观的人，手指欢快地拨动吉他弦，嘴里咿呀地唱着让他们兴奋的歌。

九秋越靠近，鼻子就越酸，眼泪就越不听使唤地淌下。

直到站在人群的最外围，九秋捂着嘴，滚烫的眼泪落在她的虎口处，在她的青春岁月里烙下了深刻的印记……

她看见，车上唱歌的男人将目光投向她，眼里是自己熟悉的、深深的笑意……

我们都还年轻，希望我们无论遇到什么事情都不要回避。

大胆些吧，在这样灿烂的岁月里，勇敢地追寻自己想要的生活，还有珍惜榻上能与你相拥的人。

年华太好太好，愿我们都温柔以待。

——林凉夏